깡마른 마야

SEOUL, 2008

깡마른 마야

초판 제1쇄 발행일 2008년 2월 25일
초판 제4쇄 발행일 2014년 3월 10일
지은이 코슈카 옮긴이 이정주
발행인 이원주 발행처 (주)시공사
주소 서울시 서초구 사임당로 82
전화 영업 2046-2800 편집 2046-2821~4
인터넷 홈페이지 www.sigongsa.com

MAIGRE MAYA by Kochka
Copyright ⓒ Editions GRASSET&FASQUELLE, Paris, 2004
Korean Translation Copyright ⓒ Sigongsa Co. Ltd., 2008
All rights reserved.
This Korean edition was published by arrangement with
Editions GRASSET&FASQUELLE (Paris)
through Bestun Korea Agency Co., Seoul.

이 책의 한국어판 저작권은 베스툰 코리아 에이전시를 통해
저작권자와 독점 계약한 (주)시공사에 있습니다. 저작권법에 의해
한국 내에서 보호받는 저작물이므로, 무단 전재와 무단 복제를 금합니다.

ISBN 978-89-527-5111-9 43860
ISBN 978-89-527-5572-8 (세트)

*홈페이지 회원으로 가입하시면 다양한 혜택이 주어집니다.
*잘못 만들어진 책은 구입하신 서점에서 바꾸어 드립니다.

깡마른 마야

코슈카 지음
이정주 옮김

시공사

그녀는 무서운 눈을 지니고 태어났지만

자라면서 빛나는 눈이 되었다.

- 으젠느 사비츠카

마야는 카페 앞을 지나다가 광고지에 눈길이 멈췄다. '여종업원 구함.'을 읽고 또 읽으면서 머리를 굴려 한 번도 생각해 보지 않은 길의 가능성을 따져 보았다.

괜찮을 것 같다. 마야의 부모는 이런 곳에 들르지 않을 뿐더러, 시가의 구석진 곳에서 마야를 찾아내지는 못할 테니까. 그보다 마야는 카페나 다른 곳에서 종업원으로 일해 본 경험이 없다. 그리고 나이 때문에라도 거절당할 것이다.

그 생각에 마야는 물러섰다. 이런 몸매로는 턱도 없지. 자격 조건이 전혀 안 된다. 마야는 발길을 돌렸다. 광고지에 '경력 있는 예쁜 여종업원 구함'이라고 적혀 있지는 않았다. 그저 '여종업원 구함, 마침표' 그게 다다. 다른 요구 사항은 없었다.

마야는 집안일 외에는 한 번도 일해 본 적이 없었다. 그러나 자기 몸 챙기는 것 정도는 몸에 뱄고, 남을 뒤치다꺼리하는 건 어렵지 않았다. 마야 속에 있는 드센 녀석이 일어났다. 못된 거미처럼 머릿속에 착 달라붙어 제 마음대로 구는 고집 센 녀석이다. 녀석은 몸 깊숙이 숨어 있는 겁먹은 계집애에게 말했다.

"어서, 문을 열어! 어쨌든 넌 선택의 여지가 없잖아. 학교에 안 간 지 벌써 사흘째야."

마야의 두 발은 떨어질 줄 몰랐다.

머릿속에 있는 녀석이 말했다.

"오케이, 마이야아. 네가 겁쟁이란 사실을 깜빡했어……. 우리 마야, 내가 무슨 말을 하려는지 알지? 용기가 없으면 어떻게 되는지 말이야……. 용기가 없으면 대담하지 못해. 대담하지 못하면 행동이 없지. 행동이 없으면 축복도 없어. 아무것도 하지 않으면 아무것도 없어, 마야. 네 꼴이 어떤지 봐. 널빤지야! 널빤지 위에 머리통 하나 달랑 달려 있는 꼴이라고! 좋아, 마야, 네게 용기가 없으니 두 번째 계획으로 넘어가야겠다……."

여자 아이 마야는 따라 말했다.

"어? 두 번째 계획?"

거미가 설명했다.

"자, 저기에 가서 누워 버려. 길 한복판에 말이야. 누워서 동요 네 곡을 부르는 거야. 너무 빠르지 않게……."

거미는 벌써 모든 것을 짐작하고 계획을 짰다.

"둘 중에 하나를 선택해. 누군가 네 처지를 딱하게 여기고 도움의 손길을 내밀 때까지 기다리든가, 아니면 두려움을 참고 어깨를 쫙 펴고 저 빌어먹을 카페 안으로 씩씩하게 들어가든가 말이야!"

마야는 나무 꼭두각시처럼 터덜터덜 길을 거슬러 올라갔다. 어느 지점에 이르니 길은 그렇게 더러워 보이지 않았다. 그래서 더 생각할 것도 없이 피노키오 같은 자신의 몸뚱이를 길바닥에 뉘였다. 아니, 되는대로 내던졌다. 자포자기하며 두 눈을 꾹 감았다.

눈을 감고서 바닥에 누워 있으니 생각이 달라졌다. 모든 게 다르게 보인다. 마야의 심장이 방망이질 쳤다. 마야는 노래했다.

팽파니카이유
나비 대왕님이
수염을 깎다가
턱이 베었네.

하나 둘 셋, 셋방살이에
넷 다섯 여섯, 여름 방학에

일곱 여덟 아홉, 아지랑이에
열 열하나 열둘, 열무김치에!
(프랑스 동요 '펭파니카이유' 중에서 : 옮긴이)

그때 저벅저벅 발걸음 소리들이 한 척의 작은 배 같은 마야에게 다가왔다.

마야는 공포에 질렸다. 사람들이 말을 걸면 뭐라고 하나?

하지만 발걸음 소리는 마야를 지나쳐 갔다.

마야는 분노가 치밀었다! 길이 둘둘 말렸다. 마야는 데굴데굴 구르기 시작했다!

아, 엄마, 나 토할 것 같아요
내가 무서운 건 언니 때문이에요
세 가지 색깔의 길에서요
세 가지 색깔의 길에서요
파랑, 하양, 빨강, 아무도 다가오지 않아요!
파랑, 하양, 초록, 너 후식은 없어!

마야 주위에서 발걸음 소리가 점점 커졌다가 점점 작아지면서 웅웅 울렸다.

사과, 배, 살구

이 중에 하나가 있어요. 이 중에 하나가 있어요.

사과, 배, 살구

이 중에 하나가 더 있어요.

(프랑스 동요 '사과, 배, 복숭아, 살구' 중에서 : 옮긴이)

도레미, 자고새

미파솔, 자고새가 날아가요

파미레, 풀밭으로

미레도, 물에 떨어져요

(프랑스 동요 '자고새' : 옮긴이)

마야는 죽은 거나 다름없이 느껴졌다. 외면당한 작은 표류물인 마야는 벌떡 일어나 돛대같이 생긴 기둥을 붙들고 늘어졌다.

먼저 눈에 들어오는 건 어둠밖에 없었다. 캄캄한 밤과 작은 별들…… 그리고 큰 물결은 다시 천천히 길이 되었다.

마야는 옷에서 먼지를 탁탁 털고 납작한 작은 모자를 썼
다. 마야는 얼굴에 몇 가지 특징이 있다. 손으로 쓸어 올리곤
하는 곱슬곱슬한 머리채, 이해심 가득한 커다란 두 눈. 전체
적으로 조막만 하고 깡마른 얼굴이다. 마야는 머릿속에 어떤
단어도 떠오르지 않았다. 무관심이 마야를 물기 하나 없게
비틀어 짰다. 저기 간판이 등대처럼 마야를 부른다. 마야한
테 남은 건 저 문밖에 없다. 마야는 숨을 크게 쉰 다음, 어깨
를 쫙 펴고 고개를 꼿꼿이 세워 카페로 향했다.

  카페 안은 칙칙하고 연기가 자욱했다. 연인 한 쌍을 제외하고는 면도도 제대로 안 하고 마름질도 엉성한 옷을 입은 사람들뿐이었다.

  '이런 곳이었구나. 여기에 색깔을 입히면 더 좋을 텐데.'

  마야는 이렇게 생각하고 구석구석을 살폈다. 사랑을 속삭이는 연인은 반들반들 윤기 나는 밤색 찻잔으로 차를 마시고 있었다. 차를 번쩍거리는 밤색 찻잔으로 마시는 게 거슬렸다. 차는 먼 나라에서 건너온 세련된 음료니까 중국제 자기잔으로 마시는 게 어울릴 텐데. 그 순간, 카페 여주인이 마야에게 말을 걸었다.

  "뭘 마실래요, 꼬마 손님?"

마야는 열여섯 살이지만 열세 살 정도로밖에 보이지 않았다. 태어난 뒤로 줄곧 먹지 않았기 때문이다.

"광고 보고 왔어요."

마야의 대답에 여주인이 되물었다.

"그러니까, 여종업원 구한다는 광고 말이니?"

마야는 진지한 표정으로 그렇다고 했다.

여주인의 얼굴에서 웃음이 사라졌다.

"코코아 한 잔 주마. 그거 마시고 얼른 집에 가라. 부모님이 걱정하시겠다."

마야는 약간 경직되었다.

"고맙습니다. 아주머니, 코코아는 됐어요. 감사합니다."

마야는 좀 뻣뻣하고 서툰 꼭두각시처럼 다리를 약간 절면서 뒤돌아 밖으로 나갔다.

줄리아 아주머니는 아무 말도 나오지 않았다. 마치 마법 같은 게 지나간 것 같았다. 방황하는 꼬맹이를 잠깐 본 것에 불과한데, 참 묘한 느낌을 주는 아이였다.

길로 나온 마야는 더는 갈 곳이 없었다. 머릿속이 지글거렸다.

마야는 엄마의 목소리를 흉내 내어 교무 주임에게 전화한 것을 떠올렸다.

"여보세요? 3학년 5반 마야 디란 학생의 엄마, 나이마 디란입니다. 마야가 수술을 받아야 해서 보름 정도 결석하게 되었어요."

이어 엄마의 얼굴이 떠올랐다. 엄마의 이름은 나이마. 엄마는 미노타우로스(그리스 신화에 나오는 괴물. 사람의 몸에 소의 머리를 하고 있음 : 옮긴이) 그 자체로, 따각따각 사보(프랑스 노동자들이 신던 전통적인 나무 신발 : 옮긴이)를 신은 소리와 쨍쨍쨍 냄비 부딪는 소리로 아파트를 요란하게 했다. 엄마는 밤이건 낮이건 시종 뭔가를 익히고 익혔다. 뿐만 아니라 걸핏하면 집 안 구석구석을 샅샅이 뒤졌다. 엄마의 집에서 엄마의 통제 밖에 있는 건 있을 수 없는 일이니까.

뒤이어 마야의 아빠, 파블로가 떠올랐다. 아빠는 거대한 창조자이지만, 집에서는 있어도 없는 것 같은 존재다. 꼭 귀머거리 같다. 그러나 안 들린다고 해서 고통 받는 사람이 아빠가 되진 않는다. 집 밖에서의 아빠는 웅장한 궁전을 짓고, 환상적인 벽화를 그리며 어마어마한 일을 하는 사람이다! 하지만 마야의 눈에 비친 집에 있는 아빠는 세상과 동떨어져 사는 시인이다. 밤마다 방 깊숙한 곳에서 새어 나오는 작은 울음소리를 듣지 못한다. 딸은 벽장문 뒤에 웅크린 그림자들 때문에 무서워 누군가가 자기를 꼭 안아 주기를 간절히 바라는데 말이다.

마야네 가족이 사는 아파트는 굉장히 넓고, 바닥에는 큼직큼직한 타일이 깔려 있다. 하지만 어떤 곳에는 덫이 놓여 있어서 길을 잘 알고 있어야 한다. 전혀 위험해 보이지 않는 곳에 촛불만 켜진 어두컴컴한 작은 방이 숨어 있기 때문이다. 엄마 아빠는 그 방을 성소라고 부른다. 촛불에 흔들리는 이 어두컴컴한 작은 방은 마야의 죽은 언니, 누르를 기리는 방이다. 하지만 마야는 모르는 언니다.

마야는 이곳이 싫다. 부모는 여기서 마야에게 기도하라고 하고 누르 언니의 생일이면 진짜 케이크와 예쁜 드레스, 선물을 놓고 파티를 한다. 마야는 이런 의식들이 너무너무 무섭다. 배 속을 갉아 먹는 진짜 두려움. 잠자리에 오줌까지 싸게 만드는 오싹한 두려움이다.

마야는 마음속으로 이 방을 '크고 까만 구멍이 있는 방'이라고 불렀다. 여기에 숨어 있는 거대한 현기증보다 더 소름 끼치는 건 없다. 누르 언니는 마야가 죽기를 바라는 것 같다! 엄마의 마음은 온통 누르 언니뿐! 아마도 엄마는 누르 언니가 살아남고 마야가 죽기를 바랐을지도 모른다. 마야는 언니의 발밑에도 못 미치는 동생이니까. 언니에 비하면 마야는 아주 못나고 형편없다. 마야는 그렇게 살 수는 없었다. 그래서 도망쳐야 한다고 생각했다. 가만히 있다가는 언젠가 저 허공 속으로 떨어질 테니까! 그래, 어린 마야는 허공 속으로 빨려 들어가겠지! 이렇게 한 번에 쑥!

이런 생각에 마야는 길에서 비틀거렸다. 몸을 가눌 수가 없었다. 마야의 머리가 하늘 저편으로 내던져졌다. 벌써 발은 땅에서 떨어졌다. 윙윙 울리는 거대한 허공 한복판으로 추락했다. 마야는 숨이 막히고, 구역질이 나고, 얼굴이 창백해졌다. 손을 올려 묵직한 이마를 끌어 올리려고 했지만 정신을 잃고 말았다.

　사람들이 웅성거리며 마야 주위로 몰려들었다.

　한 청년이 다가왔다. 카페 여주인의 아들, 카도슈다. 카도
슈는 길에서 쓰러지는 마야를 보고 달려 나와 몸을 숙여 안
았다.

　카페 안에서 줄리아 아주머니는 찻잔을 씻다가 어린아이
를 안고 들어오는 카도슈를 보고 놀라 소리쳤다.

　"얼른 저 긴 의자 위 좀 치우고 눕혀!"

　아주머니는 서둘러 의사에게 전화를 걸었다.

긴 의자에 누워 있던 마야는 정신이 들었다. 마야는 일어나지 않고 가만히 있었다. 하지만 고집 센 녀석이 온 발에 힘주고 서서 마야의 생각을 조종했다.

"마야, 어서 일어나! 이러고 있다가는 의사를 만나게 돼. 의사한테 널 보여서는 안 돼."

하지만 이번만큼은 몸이 너무도 편해서 일어나고 싶지 않았다. 몸속에 웅크린 겁쟁이 여자 아이도 마음을 놓으며 편안해했다. 심지어 웅크리고 있던 구석에서 살며시 나와 달콤한 분위기를 음미하며 두 다리를 쭉 뻗어 보기까지 했다. 물수건으로 잇따라 자신의 얼굴을 닦아 주는 줄리아 아주머니가 착해 보였기 때문이다. 게다가 아주머니의 아들 카도슈는 참 잘생겼다!

사실 마야는 자신을 안아 주는 남자의 얼굴을 제대로 볼 여유가 없었지만, 완전히 의식을 잃은 건 아니었다. 그 목소리를 들었고, 마르고 망가진 자신의 몸을 두르던 강한 팔을 느꼈다. 자그마한 둥지 한가운데에 있는 것처럼 따뜻했다.

머릿속의 거미가 호통을 쳤다.

"어서 일어나지 못해! 의사가 알게 된다고 상상해 봐. 널 도로 집으로 데려가서 너의 끔찍하고 역겨운 비밀을 온 세상에 폭로한다고 생각해 보라고. 너의 엄마한테 이렇게 이르겠지! '부인, 댁의 따님은 먹기만 하면 토합니다! 저 몸 좀 보세요! 저건 어제오늘의 일이 아니에요! 어떻게 한 줄 아세요? 간단해요! 자기 팔을 먹는 식인종처럼 입 안에다 손을 집어넣으면 돼요! 그러면 들어간 게 죄다 나오지요! 댁의 따님은 배가 없고, 그 자리에 화장실 물 내리는 소리만 쉴 새 없이 울리는 시척지근하고 역겨운 하수도밖에 없어요!' 마야, 그다음엔 어떻게 될까? 엄마는 돼지기름, 지방 덩어리와 버터로 요리를 하겠지! 오로지 너를 살찌우려고 말이야! 거위처럼 꾸역꾸역 먹이고, 네가 토하러 화장실로 도망 못 치게 뒷덜미를 잡아챌 거야! 두말할 거 없어! 엄마는 결코 널 놔주지 않을 거야! 아직 말 안 한 것도 있는데, 알지? 네가 학교에 안 간 거랑 카페 앞에서 쓰러져 실려 온 거 말이야!

엄마가 알면 어떻게 될까?"

　그 끔찍한 생각에 마야는 소스라치며 눈을 떴다. 줄리아 아주머니는 진짜 엄마처럼 다정하게 마야를 내려다봤다. 마야는 아주머니를 향해 손을 뻗어 온 힘으로 아주머니의 털옷을 붙들었다.

　"제발, 의사를 부르지 마세요! 이제 괜찮아요."

　하지만 그 간청은 너무 늦었다. 그 순간 어깨에 가방을 둘러멘 남자가 카페로 들어왔다. 남자는 마야를 발견하고 다가왔다.

　"내가 여기에 온 게 너 때문인 거 같은데, 맞지?"

　마야는 말뚝처럼 굳어서 몸을 곧추세워 앉았다.

　"고맙습니다만 지금은 괜찮아요. 별것도 아닌 일로 걱정 끼쳐 드려 정말 죄송합니다."

　"괜찮다."

　의사는 마야를 찬찬히 살피며 대답했다. 의사의 시선이 마야의 오른손에 멈추었다.

　마야도 의사가 보는 것을 봤다! 얼른 주머니에 손을 넣었지만 의사는 호락호락하지 않았다.

　"어차피 여기에 왔으니까 널 진찰해야겠다."

　의사는 마야가 대꾸할 시간도 주지 않고 줄리아 아주머니에게 말했다.

"이 아이를 카페 뒤로 데려가서 진찰해도 되겠지요?"

카페 뒤는 아파트와 연결되어 있었다. 마야는 죄인처럼 걸어 나갔다.

의사가 물었다.

"이름이 뭐니?"

"마야예요."

"만나서 반갑다, 마야. 나는 가쌍 박사야. 옷을 벗고 카나페(침대로도 변형 가능한 소파 : 옮긴이)에 누워라."

마야는 그 자리에서 얼어붙었다.

이제는 진짜 도망쳐야 한다.

마야는 애원했다.

"정말로 괜찮아요. 그리고 지금 가야 해요. 부모님이 걱정하실 거예요."

"그래, 네 말이 맞다. 부모님께 전화를 드려야지."

의사는 주머니에서 휴대 전화를 꺼냈다.

마야가 소리쳤다.

"아, 그건 안 돼요!"

마야는 잠시 숨을 고른 뒤 말을 이었다.

"아니, 그러실 것까진 없어요!"

의사는 휴대 전화를 도로 집어넣으며 진료 가방을 열었다.

"자, 옷을 벗어라. 진료받기 전에는 못 가."

"정말로 괜찮다니까요."

마야는 되풀이해서 사정했다. 목소리에 비통함이 배어 나왔다.

"그만 해라! 네 오래된 사과를 나한테 떠넘기려고 하지 마!"

"오래된 사과요?"

마야는 눈을 끔벅였다.

"아, 우리 집에서 쓰는 표현이야! 그러니까 지금 너와 나, 우리한테 적용해서 말하자면, 내 눈을 속이려고 애쓰지 말라는 말이야!"

의사는 의자에 앉았다.

"너도 알겠지만 난 의사야. 너한테 큰 문제가 있는 게 보여. 난 히포크라테스 선서를 했고, 환자들의 비밀은 지켜 왔어. 그 점에 대해서는 한 번도 어긴 적이 없다고 지금 이 자리에서 장담할 수 있어."

"정말요?"

"그럼."

"그러면 맹세해 주세요. 아무한테도 말하지 않겠다고 맹세해 주세요!"

마야가 부탁했다.

"이 땅을 아름답게 만드는 모든 것에 걸고 맹세하마! 그렇지만 필수 조건이 있어."

"조건요……?"

마야는 불안했다. 협박과 조건은 싫었다.

"그래. 내가 너랑 이렇게 마주하고 굳게 약속을 하니까 너도 약속해 줘. 네가 위험한 걸 아는데 아무런 조치도 없이 널 내버려 둘 수는 없어."

마야가 반박했다.

"하지만 전 선생님의 환자가 아니에요."

"아무래도 좋아! 난 널 봐 달라는 전화를 받았고 너한테 큰 문제가 있는 걸 안 이상, 모른 척할 수는 없어. 이건 윤리 문제를 넘어서 인간의 문제야."

"그렇지만 의사 선생님이 걱정하실 필요는 없어요. 전 조금 말랐을 뿐이에요. 그래요, 마른 것뿐이지 아픈 건 절대 아니에요! 엄마가 그러는데, 이건 엄마의 잘못이 아니에요. 저는 태어나면서부터 식욕을 느끼지 못할 뿐이에요. 원래부터 그런 거라고요. 그것뿐이에요."

의사는 다시 일어서며 눈살을 찌푸렸다.

"마야, 말도 안 되는 소리 그만 해라! 태어날 때부터 영양실조인 사람은 없어. 그리고 어째서 이 시간에 학교에 있지 않는 거지? 이 동네에 사니?”

“네.”

두 질문 중에서 첫 번째 질문을 피하기 위해서 마야는 뻔뻔하게 거짓말을 했다.

의사는 엑스레이 같은 예리한 눈빛으로 아이를 꿰뚫어 보았다. 그리고 시계로 눈길을 옮겼다.

“4시군. 곧 수업이 끝날 시간이야. 이제 너도 집에 가야 할 것 같은데……”

마야는 ‘네.’ 하고 대답했다. 머리로는 대답했지만 입이 떨어지지 않았다.

“혈압 좀 재 보자. 크게 나쁘지 않으면 오늘은 괜찮을 거야. 대신 내일 우리 병원에서 봤으면 좋겠는데, 올 수 있지?”

“네, 명함을 주시면 찾아갈게요.”

“좋아. 그럼 약속한 거다. 믿어도 되지?”

“약속해요.”

“좋아, 믿으마. 이제 스웨터 두 장과 티셔츠 세 장을 걷어라.”

그 말에 마야는 기겁을 하며 놀랐다. 뼈밖에 없는 앙상한 몸을 겹겹이 옷을 입어 숨겼는데, 어떻게 알았지? 어떻게 눈치 챘을까?

마야는 길든 망아지처럼 고개를 숙이고 두터운 소매를 걷어 올렸다. 사실 스스로 길든 망아지라고 시인하지는 않았지만. 말할 수 없는 행복감이 밀려왔다! 진실을 보고 진실 속에 사는 사람만이 느낄 수 있는 안도감이었다. 마야는 진실을 사랑한다. 이런 이유에서 마야는 태어난 이후 줄곧 침략자들에게 저항해 왔다. 가슴을 채우지 않고 배만 채우는 것을 거부한 것이다. 이건 모 아니면 도. 타협은 싫다! 더구나 가식 덩어리를 받아들이느니 차라리 죽는 편이 낫다! 그 믿음을 지키기 위해 온 힘을 다해 싸우는 거다. 이것이 마야의 삶의 의미다! 사랑하는 척하지 않기.

마야는 껍질들을 벗겨 내고 남은 것, 스파게티 같은 것을 보여 줬다. 좀 창피했다.

마야는 슬픈 눈으로 말했다.

"이게 제 팔이에요."

의사는 웃음 지었다.

"예쁜 팔이구나, 마야. 조금만 더 살찌우면 훨씬 더 예쁘지 않을까? 너도 알겠지만, 넌 팔 대신에 긴 발이 여러 개 달린 거미가 아니야. 넌 여자 아이이고 조금만 지나면 여자가 될 거야."

마야의 몸이 사르르 떨렸다. 여태껏 이런 말을 해 준 사람은 아무도 없었다. 집에서는 스스로 하찮은 아이라고, 바퀴

벌레보다도 못생긴 아이라고 생각했기 때문이다.

의사는 이어 말했다.

"이제 손도 좀 보자……."

마야는 이빨로 문지르고 물어뜯은 자국이 생생한 오른손
을 내밀었다. 의사는 꼼꼼히 살폈고, 분노와 고통으로 얼굴
이 일그러졌다.

"더 이상 네 자신을 이렇게 대하면 안 돼. 네가 한 것을
봐!"

그러고는 의사는 진찰 도구를 가방에 챙겨 넣고 명함을 한
장 내밀었다.

"이제 집에 가야 하지?"

"아, 네."

마야는 명함을 받아 쥐며 대답했다.

"그래, 그럼 내일 보자꾸나."

가쌍 의사는 떠났다.

마야는 옷 껍질들을 도로 내리며 주위를 둘러봤다.

마야가 눕고 싶지 않았던 카나페는 정확히 말해서 카나페가 아니다. 안락한 휴식으로 초대하는 폭신폭신하고 큼직한 쿠션 의자다. 그러니까 이건 소파다. 씨줄이 드러난 두꺼운 천으로 재단된 쿠션들은 바닷가에서 볼 수 있는 덱체어(접을 수 있는 긴 천 의자 : 옮긴이)의 천과 비슷했다. 마야는 바닷가의 덱체어를 좋아한다. 파도에서 움푹 파인 곳처럼 쑥 들어간 덱체어에 앉아 있으면, 바닷바람에 밀려 모래밭을 벗어나 갈매기 울음소리를 들으며 저 멀리 바다와 하늘이 맞닿은 수평선과 만나는 기분이 들기 때문이다.

그래서 마야는 여행을 떠나는 것처럼 소파에 다가갔다. 하지만 앉지 않았다. 그저 손끝으로 만져 봤다. 마치 꿈을 엿보는 듯이……. 이어 마야의 눈길이 화분 속에 똑바로 꽂힌 노란 새에 멈췄다. 작고 세련된 게 참 예뻤다! 순간 뒤에서 남자의 목소리가 들렸다.

"자기로 만든 거야. 화분에 물이 필요하면 노래를 하지."

마야는 홱 돌아섰다. 현장에서 붙들린 현행범이 된 기분이었다. 마야는 자기의 것이 아닌 것을 물끄러미 바라봤다. 허락받은 건 아니지만.

마야는 정상 참작을 바라며 말했다.

"만진 거 아니에요."

그동안 카도슈는 마야를 살피더니 환한 얼굴로 말했다.

"좀 나아진 것 같네."

"네? 네."

마야는 말을 더듬었다. 이번에는 마야의 눈길이 카도슈에게 멈췄기 때문이다.

마야는 "고맙습니다……." 하고 얼버무리며 황급히 가방을 챙겨서 도망쳤다!

마야가 카페에서 나왔을 때, 지저분하고 칙칙한 도시 위로 땅거미가 지고 있었다. 하지만 그 무엇도 마야를 귀찮게 하지 않았다. 혼잡하게 길을 다니는 사람들도, 시끄러운 경적 소리도, 공해에 찌든 악취도 아무렇지 않았다. 그보다 마야는 줄리아 아주머니가 준 사과를 먹으며 또각또각 길을 따라 울리는 자신의 발걸음 소리를 들었다. 마야는 생각했다. 못생기고 끔찍하고 투명 인간 같은 마야는 죽었다고! 흥에 겨워 춤이라도 추고 싶었다. 진 켈리(뮤지컬 영화 '사랑은 비를 타고'의 주연 배우 : 옮긴이)가 부른 노래가 떠올랐다. '아임 씽잉 인 더 레인, 저스트 씽잉 인 더 레인, 나 나 나아아 니 나 나 니 니 나아아 아임 해피 어게인……'

마야는 아무 노래나 부르며 웃었다. 스스로 이런 마음이 들다니, 믿어지지 않았다! 오후 내내 가게 안에서 받은 따뜻한 정을 헤아려 봤다! 먼저 카도슈. 카도슈는 마야에게 몸을 숙여 마야를 안았다. 카페 뒤 거실에서는 '자기로 만든 거야. 화분에 물이 필요하면 노래를 하지.'라고 말했지. 그다음은 줄리아 아주머니. 아주머니는 마야를 눕히기 위해 일부러 딸기 색 긴 의자를 정리했다. 그리고 물수건으로 마야의 이마를 닦아 주고 사과도 하나 줬다. 마지막으로 가쌍 의사 선생님, 한눈에 모든 걸 알아챘지만, 마야를 배신하지 않았다.

이런 생각에 젖어 있던 마야는 어느새 자기 동네 입구에 다다랐다. 여기서부터는 진짜 정신 차려야 한다. 그래서 마야는 보물같이 소중한 감정들을 마음속에 꼭꼭 숨기며 다시 허약하고 폐쇄적인 고집쟁이로, 빼빼 마른 거친 아이로 돌아갔다.

　디란 가족의 아파트 입구를 지키는 문은 단단한 쇠와 큰 유리로 만들어졌다. 마야는 문을 열었다가 얼른 닫았다. 이 아파트에서는 어느 것 하나 마야의 실수로 흔들려서는 안 된다. 모든 광기가 한꺼번에 깨어날까 두렵기 때문이다. 마야의 눈에 이 휑뎅그렁한 집은 온갖 돌풍이 잠자고 있는 소굴이나 마찬가지다.

　마야는 까치발로 들어갔다. 엄마는 어김없이 부엌에 있었다. 마야는 가방을 내려놓고 비통한 심정으로 마치 정해진 길인 양 부엌으로 갔다.

　엉망진창인 조리대는 말할 것도 없고, 부엌 바닥에는 더러운 접시들이 나뒹굴었다. 조리대가 높아서 사보를 신은 엄마는 분풀이라도 하듯 냄비 속을 휘저었다!

이게 바로 마야가 끔찍이도 참을 수 없는 모습이다. 엄마가 사물을 다루는 거칠고 난폭한 방식 말이다. 엄마는 온종일, 심지어 밤에도 전쟁을 벌이는 것 같다! 마야는 엄마를 보기만 해도 숨이 막힌다. 마야가 바라보는 엄마는 사납고, 동물 같고, 여자로서의 섬세함과 부드러움은 눈을 씻고 찾아봐도 보이지 않는다.

"와서 도와! 엄마 팔이 아파."

뒤에서 딸의 인기척을 느낀 엄마가 말했다.

마야는 다가갔다. 울분에 쌓인 괴물 옆에 서니 더욱더 위축됐다.

엄마가 말했다.

"눌어붙지 않게 잘 저어!"

마야는 나무 주걱을 쥐고 젓기 시작했다. 소름이 끼쳤다. 이 스튜는 영양을 주는 따뜻하고 맛난 요리가 아니라 사랑을 죽이는, 덩어리째로 뚝뚝 떨어지는 회반죽이나 마찬가지였다. 하지만 엄마는 요리는 잘한다.

엄마는 전쟁터나 다름없는 이곳을 뒤로하고 나갔다. 엄마가 나가기가 무섭게 마야는 소매를 걷어붙이고 부엌을 정리하기 시작했다. 이것저것을 한데 모아 청소하고, 접시 하나하나, 유리잔 하나하나, 작은 숟가락까지 일일이 정성 들여

설거지했다. 일상에서 배려라고는 눈곱만큼도 없는 거친 대우에 상처 입은 흔적들을 치료라도 하듯이.

저녁 8시, 아빠는 아직 돌아오지 않았다. 어쩌면 하늘 끝에 닿을 듯한 어마어마한 비계(높은 곳에서 공사를 할 수 있도록 임시로 설치한 가설물 : 옮긴이)에서 길을 잃었으리라!

엄마는 밥 먹으라고 마야를 불렀다.

마야는 냉큼 달려왔다. 마음 깊은 곳에서는 이것이 마지막 식사라고 되뇌었다……. 잘해야 한다. 티를 내서는 안 된다.

엄마는 사시 눈을 뜨고 쳐다봤다. 그 눈은 마치 총 같았다.

엄마가 말했다.

"먹어!"

엄마는 냄비는 비우고, 배 속은 채워야 한다는 강박에 사로잡혀 있다. 그건 아기를 잘 먹여 키우려는 사랑 많은 엄마와는 거리가 멀다! 사물과 사람에게 힘을 행사하고 무엇을 먹는지, 얼마나 먹는지 알아야 직성이 풀리는 독불장군과 같다. 쾅! 엄마는 마야에게 음식이 한가득 담긴 큰 접시를 내놓았다!

마야는 식탁에 앉았다. 머릿속의 거미가 재빨리 전략을 짜기 시작했다.

먼저 두 가지 선택 사항에서 골라야 한다.

-돼지처럼 게걸스레 먹기

-새처럼 깨작깨작 먹기

어떤 선택을 하든지 위험은 있다.

-돼지처럼 게걸스레 먹으면 나중에 아주 오랫동안 화장실에 있어야 할 거다. 요즘 들어 토하는 게 점점 더 힘들기 때문이다. 아무래도 생존 본능인 것 같다. 마야의 몸은 갈수록 목 안으로 들어오는 손을 뿌리치고 있다.

-반대로 엄마 몰래 새처럼 깨작거리기란 진짜 도박이다.

거미가 속삭였다.

"어떻게 할래?"

마야는 토하고 싶지 않다고 대답했다.

줄리아 아주머니가 준 사과를 배 속에 깨끗이 간직하고 싶다. 그것을 역겨운 기름투성이 음식에 뒤섞고, 위산과 함께 변기 속에 빠뜨린다면 가슴이 무너질지도 모를 일이었다.

이미 접시에 담긴 내용물 분석을 끝낸 거미가 지시했다.

"좋아. 그러면 꼬맹이 당근만 조금 먹어 봐."

마야가 대답했다.

"알았어."

주황색 조각들을 아무렇지도 않게 조심스레 찾아내 고기

를 잡듯이 낚아서 기름기를 털어 내고 입 안에 넣어 시간을
벌 수 있을 만큼 천천히 꾹꾹 씹었다.

한편 엄마는 마야의 주위에서 알 수 없는 괴상한 짓을 했
다. 냉장고 문을 열어 용기들을 꺼내 검사를 하더니 이 용기
에 있는 내용물을 다른 용기에 옮겨 담았다.

마야는 하늘에 도움을 청했다. 동요부터 시작해서 직접 만
든 기도문까지 속으로 읊었다.

하늘에서 온 작은 새야,
엄마 좀 어떻게 해 봐.
엄마를 불러 가 줘.
그래야 엄마가 나한테 준
독을 갖다 버리지.

바로 그 순간, 전화벨이 울렸다. 기회는 지금이야! 마야가
일어날 기미가 보이자, 엄마는 으름장을 놓았다.
"안 돼, 먹어!"
그러고는 신경질적으로 걸어 나갔다.
마야는 심장이 멎는 것 같았다. 잽싸게 냄비 쪽으로 튀어

가 뚜껑을 열고 접시에서 사분의 삼을 덜어 냈다. 그러고는 최대한 살살 뚜껑을 닫았다. 사물이 서로 맞닿으면 어쩔 수 없이 소리가 나기 마련이지만 그래도 미세한 소리 하나 나지 않게 조심했다.

엄마가 다시 돌아왔을 때, 마야는 중죄의 흔적을 없애기 위해 접시 가장자리를 핥고 있었다. 마야는 침착한 목소리로 말했다.

"맛있게 먹었어요. 하지만 죄송해요. 더는 배고프지 않아요."

엄마는 다가와 남은 것을 검사했다. 못마땅한 기색이었지만, 그래도 접시는 치웠다.

"후식은 크렘 랑베르세(우유, 설탕, 달걀, 향신료를 섞어 틀에 부어 익힌 반고체 크림 과자 : 옮긴이)야."

"됐어요……."

마야가 좋아하는 후식이지만 거절했다.

(그렇지 않으면 억지로 토해야 할 거다. 마야는 사랑받지 못하는 기분이 꼭 벌을 받는 것 같다. 그래서 자기는 단것을 먹을 권리가 없고, 충분히 못생겼다고 생각한다! 게다가 더 이상 살쪄서는 안 된다!)

마야는 당차게 대답했다.

"됐어요. 그냥 요거트 먹을래요."

　하지만 엄마는 토를 다는 걸 질색한다. 잠자코 냉장고 문을 열어 딸기 요거트를 내밀었다.
　"아니요, 플레인으로 주세요……."
　"그냥 먹어!"
　엄마는 냉장고 문을 쾅 닫았다. 요거트란 요거트는 다 꺼내 마야의 얼굴에 던지지 않은 것만으로도 다행이었다.

마야는 잠자리에 들기 전에 옷가지를 챙겨 짐을 싸서 침대 밑에 숨겼다. 교과서도 빠짐없이 책가방에 넣었다. 마야는 배움에 굶주린 아이다. 심리학에 관심이 많고, 의학, 생명 과학인 생물학도 배우고 싶다. 천문학에도 호기심이 많다. 우리의 지구가 속한 은하계 말고도 수천 개의 은하계가 있다는데, 우리네와 닮은 또 다른 세상이 분명히 있지 않을까……. 어쩌면 거기서는 불공평과 불평등의 문제를 해결할 수 있지 않을까…….

그렇게 마야는 전쟁을 모르는 조화로운 세상을 상상한다. 거기서는 모든 사물을 경외하는 게 최우선일 것이다. 과소비가 없는 세상도 꿈꾼다. 거기서는 모든 것이 끝도 없이 재생

되고 새로워지고, 순간순간, 일상의 행동 하나하나에서 신성
한 생명이 찬양될 것이다.

　마야는 출발 준비를 다 끝냈다. 됐다. 새로운 시간이 시작
될 것이다. 내일이 되면 떠날 것이다…….

　아빠는 밤 10시가 다 돼서야 돌아왔다. 엄마는 먹음직스런
모둠 요리를 내놓겠지. 아빠를 사랑하니까. 아마도 그래서
아빠는 엄마를 참을 수 있을 거다.

　마야는 눈과 귀를 활짝 열고서 침대에서부터 주위 동정을
살폈다. 드디어 자정이다. 아파트는 겉으로 볼 때는 정지되
어 있고 조용하다. 그저 겉으로 볼 때만 그렇다. 우리는 무엇
을 하건 순간마다 세상의 거대한 움직임 속에 쓸려 가고 있
으니까. 마야는 안전하게 조금 더 기다렸다가 12시 반이 되
어서야 자리에서 일어났다. 마야를 받아 줬다면 좋아했을 어
린 시절의 장소들을 찾아 작별 인사를 하고 싶었다.

　맨발로 문지방에 선 마야는 생각보다 무섭지 않아 신기했
다. 마야는 내일 떠날 거고, 빠져나갈 방법도 있다. 확실하
게! 생각만으로도 이미 미노타우로스의 지배에서 벗어난 듯
했다. 하지만 조심해야 한다. 시작도 전에 그르치면 안 된다.

어슴푸레한 빛이 복도를 밝혔다. 가볍고, 가냘픈 마야는
급류를 지나듯이 걸어 나갔다.

하나	둘	셋	저기
넷	다섯	여섯	여기
일곱	여덟	아홉	어서 저기로
열	열하나	열둘	숨쉬기

마야는 아주 어렸을 적부터 곳곳에 숨겨진 함정에 빠지지
않기 위해 직접 몇 가지 의식을 만들었다. 저기서 덜 무섭기
위해 여기서 벌써 무서운 것이라고. 미로 혹은 뱀처럼 긴긴

복도, 위험을 보지도 듣지도 못하는 아빠, 성난 미노타우로스, 먹어야 한다고 쉴 새 없이 부글거리는 냄비, 미치광이 같은 검은 방이 있는 이 거대한 아파트에서 어떻게 무섭지 않다고 말할 수 있을까?

마야는 반쯤 열려 있는 부모의 방문 앞에서 잠시 멈췄다. 코 고는 소리가 약간 먹먹하고 낮게 짧막한 음악처럼 흘러나왔다. 마야는 그 소리에 맞춰 그림자처럼 춤을 추며 걸었다.

성소에는 문이 없다. 감당할 수 없는 비극에 활짝 열려 있다. 여기는 언제나 초들이 활활 타고 있다. 날마다 누르 언니가 다 먹기 때문이다. 정말이지 이젠 끝내야 한다!

마야는 잠시 멀찌감치 있었다. 두려움을 덜어 낸 뒤, 흰 잠옷 바람으로 씩씩하게 걸어 들어갔다. 마야가 앞으로 나갈 때마다 불꽃들이 흔들리며 온 방이 떨었다. 이곳을 마음대로 할 수만 있다면, 불꽃은 모조리 다 꺼 버리고, 언니의 영혼을 붙들고 있는 이 방을 부숴 버릴 텐데……. 안 된다. 언니는 자라지 않았다. 옷걸이에 걸린 옷들은 오래되어 더러워진 채 가장행렬이라도 하듯이 늘어서 있다! 마야는 끝난 건 날려 보내야 한다고 생각한다. 거기에 생명의 불꽃이 이는 마법이 있을 테니까! 이미 끝나 어쩔 수 없는 것을 붙들고 있는 것이야말로 진짜 죽음이다.

마야는 쫓기는 듯한 심정으로 촛불 위로 손을 뻗어 벽에 있는 사진 중에서 한 장을 떼어 냈다. 사진 속의 언니는 다섯 살에 들판 한복판을 달리고 있었다.

"언니, 나랑 같이 내가 찾는 곳으로 가자. 거기는 아름다운 순간들이 머무는 정원 같은 곳이야. 모든 게 자유롭고, 어떤 것에도 얽매이지 않아. 우리가 사이좋게 지내고 귀 기울여 듣는다면 곳곳에서 속삭이는 소리가 들리고 모든 게 말하기 시작할 거야. 그러면 우리는 다 이해하고 흥겹게 노래하며 춤추겠지."

마야는 언니의 사진을 주머니에 밀어 넣은 뒤 후다닥 도망쳤다.

방에 돌아온 마야는 정신을 차리고 일기장을 폈다. 일기는 마야가 유일하게 속마음을 털어놓는 곳이다. 마야는 일기를 읽어 내려갔다.

나는 다리를 저는 말라깽이 여자 애. 늘 흔들리지. 어딘 가에 나를 위한 곳이 있지 않을까?

나는 배가 텅텅 빈 투명한 유령. 견딜 수 없을 것 같아.

나는 너무 가볍고 내가 누군지 모르겠어. 우리 가족은 각자 자기를 위해서 살아. 아무도 내게 관심이 없어.

나는 다리를 저는 말라깽이 여자 애. 늘 흔들리지.

바위에 붙어 있지 못한 조개, 나무에 붙어서 태어나지 못한 나뭇잎이야.

이튿날 아침, 다른 때보다 짧은 밤을 보낸 마야는 잠에서 깼다. 엄마는 일어났고, 아빠는 벌써 출근했다. 안타까웠다. 마야는 마지막으로 아빠의 얼굴이라도 보고 싶었는데. 결국 최후의 모습까지 부재중인 아빠로 남았다.

카운트다운을 시작했다. 마야는 창문을 열고 짐을 정원에 던졌다. 종려나무 옆 울타리 한 귀퉁이에 개구멍이 있다. 조금 있다가 저리로 빠져나가 짐을 찾을 것이다.

부엌에서 엄마는 타르틴(버터나 잼을 바른 빵으로, 프랑스의 전형적인 아침 식사 : 옮긴이)을 준비했다.

마야가 인사했다.

“안녕히 주무셨어요, 엄마⋯⋯.”

‘엄마’란 말이 목에 콱 걸렸다. 솔직히 말해 엄마다운 구석이 어디 있어야지. 하지만 엄마 혼자서 나중에 딸이 떠난 사실을 알게 될 걸 생각하니 마음이 무거웠다.

엄마가 대답했다.

“응.”

마야는 엄마한테 전부 말하고 싶은 마음이 굴뚝같이 일었다. 마야가 떠나가지 못하게, 엄마가 마야를 붙잡도록 다 털어놓는 거다! 그동안 참았던 말들이 쏟아져 나오겠지! 온종일 말해도 모자랄 것이다⋯⋯.

마야는 엄마와 나눌 대화를 상상해 봤다. 아마 이렇게 시작할 것이다.

“잘 잤어요, 엄마?”

그러면 엄마는 칼을 놓으며 대답한다.

“왜 그러니? 마야?”

엄마는 마야 곁에 와서 앉는다.

“우리 딸도 잘 잤지?”

그러면 마야는 솔직하게 말한다.

“엄마, 저 떠나려고 해요⋯⋯.”

엄마가 화들짝 놀란다.

“그게 무슨 말이니?”

그러면 마야는 침묵으로 상처 받고, 성소가 무섭고, 사랑
받고 싶다고 속 시원히 이야기한다…….

딸의 마음을 알게 된 엄마는 딸을 꼭 끌어안는다……. 잃
었던 모녀 간의 정이 되살아난다! 모녀는 뺨을 맞대고 펑펑
운다. 눈물범벅이다. 그렇게 상처가 아문다. 저녁이 되어 아
빠가 돌아올 때쯤이면 모녀 간의 탯줄이 끈끈하게 이어져 있
을 것이다! 새 출발, 인정, 뿌리내리기, 하나 됨. 그리고 집안
의 모든 것이 바뀔 것이다!

하지만 엄마의 퉁명스런 한 마디에 모든 상상이 날아가 버
렸다!

"앉아서 먹어. 어서!"

마야는 다시 허공 속으로 떨어졌다.

"빵에 버터는 없지요?"

"당연하지!"

엄마는 아주 자신 있게 대답했다.

마야는 앉아서 타르틴을 한 입 베어 물었다. 아침은 먹을
생각이었다. 마지막이니까. 하지만 잼 밑에 숨어 있던 버터
가 독처럼 입 안에 퍼지자, 마야는 구역질이 났다. 증오가 가
슴 밑바닥부터 치밀어 올랐다.

'거짓말쟁이! 거짓말 마녀왕!'

마야는 분노에 치를 떨었다.

“버터잖아요!”

마야는 빵을 내팽개치고 방으로 달려가 책가방을 챙겨 현관으로 뛰쳐나갔다. 그렇게 달려서 영원히 이 집을 떠났다!

엄마는 잠옷 바람이라 밖까지 뒤쫓아 올 수가 없었다. 마야는 뒤로 돌아가 개구멍에 다다랐다. 일 분 일 초도 지체하지 않고, 정원으로 빠져나가 짐을 챙겼다. 그리고 뒤도 돌아보지 않고 엄마와 엄마의 공간으로부터 떠났다. 닻줄을 풀고 떠났다……

도시의 길은 산과 깊은 골짜기처럼 오르락내리락했다. 마야는 숨이 턱에 닿을 정도로 달렸다. 이 동네에서 저 동네로 멀어졌다. 아무도 따라올 수 없을 만큼, 다시 돌이킬 수 없을 만큼 아주 멀리 갔다!

아침 8시 30분. 전날 쓰러졌던 그 자리에 다다랐다. 하지만 이번에는 쓰러지지 않았다. 지치기는 했지만 꿋꿋하게 파도를 헤치고 지나갔다. 이윽고 줄리아 아주머니의 왕국이 나타났다!

새하얀 도화지 같은 삶의 첫 장을 채우기 위해 마야는 힘차게 문을 열고 들어갔다. 기진맥진하고, 핏줄이 비쳐 보일 정도로 창백했지만, 그 큰 눈에는 새 수평선으로 가득 찼고,

마야는 새롭게 태어난 듯 환히 빛났다.

줄리아 아주머니가 물었다.
"마야, 아침부터 웬일이니?"
마야는 짐을 내려놨다.
"집을 나왔어요. 여기서 살려고 왔어요."
줄리아 아주머니는 칼을 내려놨다.
"그게 무슨 말이니?"
마야는 다시 말했다.
"집을 나왔어요. 여기서 살아도 되죠?"
"하지만 애야, 이러면 안 되지!"
아주머니는 마야를 의자에 앉히고 그 옆에 앉았다.
"그래도 전 돌아가지 않아요. 거긴 우리 집이 아니에요."
마야는 막무가내였다.
줄리아 아주머니가 물었다.
"대체 어떻게 나온 거니?"
마야는 아주머니의 품에 안겼다.
"제발 절 지켜 주세요."
줄리아 아주머니는 어쩔 도리가 없었다.
"당분간은."
아주머니는 시간을 벌면서 말했다.

"많이 피곤해 보이니까 일단 가서 눕자."

줄리아 아주머니는 마야를 데리고 갔다.

카페 뒤 아파트 거실로 연결되는 커튼을 걷으니 부드러운 빛이 새어 나왔다.

줄리아 아주머니는 마야의 신발을 벗기며 말했다.

"소파에 누워서 쉬어라."

마야는 시키는 대로 누웠다.

"카페에 계실 거죠?"

"그럼, 어디 안 가."

마야가 물었다.

"카도슈 오빠는요?"

"아직 자고 있어."

마야는 마음이 놓이는 이 평온한 분위기를 흠뻑 들이마시며 눈을 감았다.

10분 뒤, 마야는 꿈의 배들이 두둥실 떠다니는 하늘 바다 속을 헤엄쳤다.

지구가 자전하고 이곳이 평화롭다는 증거로, 마야가 잠에서 깨자 벌써 거의 저녁이 다 되어 있었다. 마야는 시간이 늦은 걸 보고 벌떡 일어나 카페로 부랴부랴 달려갔다.

마야가 외쳤다.

"가쌍 의사 선생님께 다녀올게요. 병원에 간다고 약속했거든요!"

줄리아 아주머니가 말했다.

"그래, 다녀와라! 그런데 그 전에 오늘의 수프 한 그릇 먹지 않을래?"

마야가 물었다.

"무슨 수프인데요?"

“완두콩과 꼬마 당근 수프야.”

부담되거나 숨 막힐 듯한 재료가 전혀 아니다. 반대로 비상과 봄의 색을 연상시킨다.

마야가 대답했다.

“네, 먹을게요.”

“그리고 다녀와서 우리 얘기 좀 하자.”

“네, 알겠어요. 아줌마.”

병원은 두 구역을 더 가야 한다. 마야는 해방감과 충만한 생명력을 느끼며 신 나게 걸었다! 뜰 안쪽 하얀 문에 ‘초인종을 누르고 들어오시오.’라는 팻말이 걸려 있었다. 마야는 이 문장이 유쾌한 초대처럼 들렸다. 세상이 가벼워지고 사물들이 발랄하게 말을 걸어오는 것 같았다. 어떻게 이런 일이 있을 수 있을까?

대기실은 복도 끝에 있었다. 마야는 의자에 앉았다. 맞은
편에는 포동포동하게 살찐 남자 아이가 있었다.

남자 아이가 말했다.

"넌 왜 왔어? 난 너무 뚱뚱해서 왔는데."

마야는 웃음을 지었다.

"아, 그래? 난 너무 말라서 왔어."

두 아이는 웃음을 터뜨렸다.

문제를 아주 간단하게 말하니까 좋다! 대수롭지 않게 말하
니까 별것 아닌 것 같다!

남자 아이는 주머니에 손을 쑥 집어넣더니 캐러멜 하나를
꺼냈다.

"난 의사 선생님이랑 약속을 해서 이걸 먹을 수가 없어.
자, 너한테 줄게."
"고마워!"
곧 간호사가 꼬마 뚱보 카르를 데리러 왔다. 녀석은 마야
에게 윙크를 날리며 떠났다.

15분 뒤, 가짱 의사가 대기실에 들어왔다.
마야는 큰 소리로 인사했다.
"안녕하세요, 선생님. 저 왔어요!"
"안녕, 마야. 줄리아 아주머니가 전화를 했는데, 네가 집을
나온 것 같다고 하던데……."
의사는 걱정스런 표정을 지었다.
"네, 사실이에요. 도망쳤어요. 제 생각을 바꾸려고 하지 마
세요."
마야가 단호하게 말했다.
"그럼 어디로 갈 생각이니?"
"줄리아 아주머니네요. 카페에서 일하면 돼요. 줄리아 아
주머니도 절 보살피고 싶어 해요."
가짱 의사가 앉았다.
"마야, 넌 미성년자야. 우리가 너를 어떻게 지켜 주길 바라
니?"

"저도 몰라요. 하지만 집에 있으면 죽는다는 건 알아요."

의사가 놀라 물었다.

"뭐라고?"

마야는 순간 속이 끓어올랐다.

"선생님도 알고 싶으시죠? 우리 집에서는 아무도 절 건드리지 않아요! 제 살이 뱀 가죽이라도 되듯이 끔찍해하고, 완전히 토할 것 같은 애처럼 취급해요! 엄마는 절 꼴도 보기 싫어해요. 제 머리부터 발끝까지 미워한다고요. 방금 대기실에서 본 애가 저한테 말을 걸고 캐러멜을 준 것만 해도 그래요. 고작 3분밖에 안 되는 시간이었지만 제가 16년을 살면서 그런 정을 받아 본 적이 없어요! 엄마는 제가 태어나기 3년 전에 죽은 누르 언니 때문에 절 원망해요. 제가 살아 있어서 싫은 거예요. 그래서 저를 마구 처먹여서 복수하는 거지요! 엄마는 절 엿보고 제 행동 하나하나를 감시해요! 제가 하는 것마다 엄마한테는 짜증이라, 제게 다정한 말 한마디 하는 건 상상도 못할 일이에요. 우리 집은 피난처와는 거리가 멀어요. 온갖 위험이 득실거려요. 저는 지금도 밤마다 하도 토해서 속이 쓰려 잠을 잘 수가 없어요. 설령 잠든다 할지라도 끔찍한 악몽에 시달려요. 악몽에서 전 아무리 소리쳐도 아무도 듣지 못하는 깊은 방에 갇혀 있어요. 그 안에서 제 그림자만 봐도 기겁해 벌벌 떨고 있고요. 맞아요. 사실이에요. 전 집에 있는 건 다 무서워요. 엄마는 누르 언니 방에서 촛불을 켤 때만 조심하지, 평소에는 난폭하기 짝이 없어요. 엄마의 마음에 안 드는 건 몽땅 뒤엎고 부숴 버린다고요! 엄마가 있으면 전 숨을 쉴 수가 없어요. 엄마는 인간이 아니고, 제가 잘되길 원치 않아요. 그러니까……."

고통스러운 이야기를 단어로 옮기려니 마야는 숨이 차고 얼굴이 창백해졌다.

"그러니까, 이게 끝이에요……."

가쌍 의사는 충격을 받아 넋이 나간 듯했다.

마야가 덧붙여 말했다.

"뭐 그렇다고 걱정 마세요. 제가 없어졌다고 엄마가 속상해하지는 않아요. 절 돌봐야 하는 게 고통이었는데요, 뭐."

의사가 물었다.

"그럼 네 아빠는?"

"아, 아빠요."

마야의 목소리가 누그러졌다.

"아빠는 늘 없어요. 엄마 맘대로 하게 내버려 두죠. 사실 아빠는 아무것도 몰라요."

가쌍 의사는 참을 수 없어 화제를 다른 데로 돌리려는 듯이 자리에서 일어났다.

"자, 이제 검사해 볼까?"

마야는 몸을 웅크렸지만, 꿈꾸는 듯이 눈을 크게 뜨고 아이처럼 물었다.

"선생님, 말라깽이 환자를 보신 적이 있나요?"

"당연하지! 그동안 얼마나 많은 환자들을 만났는데."

'다행이다.'

마야는 안도하며 양말을 벗었다.

5분 뒤, 마야는 앙상한 몸을 드러냈다. 너무 말라서 두 번 벗은 것 같았다.

처음에는 입고 있던 옷을 벗고, 두 번째는 살갗을 벗겨 내 감추었던 뼈를 드러낸 것 같았다.

실제로는 이제 막 냄비 속으로 들어갈 운명의 토끼를 닮았다. 아니, 길쭉한 갓난아기, 노루 새끼처럼 다리만 길고, 있는 것이라고는 기본적인 것밖에 없는 갓난아기를 닮았다.

비참한 것을 드러내어 불편한 마야는 자기 발만 쳐다봤다. 가쌍 의사는 아무 말이 없었다. 그저 친절하고 조용한 눈빛으로 아이를 검사했다. 맥박을 재고 심장 박동 수를 체크한 뒤 정리해서 말했다.

"키 1미터 40, 몸무게 27킬로그램."

의사는 벽에 붙어 있는 여자 아이의 평균 성장 그래프를 참조했다.

"그러니까, 네 실제 나이는 열여섯이지만, 키는 열세 살, 몸무게는 아홉 살 여자 애 정도밖에 안 돼. 생각하는 건 애 늙은이고 말이야……."

"아, 죄송해요……."

마야는 머쓱했다.

의사는 책상에 앉아 서랍을 열어 빳빳한 진료 카드 한 장을 꺼냈다.

마야는 약간 실망했다.

"그게 제 진료 카드예요?"

"그래. 왜?"

"아니요. 적을 데가 별로 없는 것 같아서요."

가쌍 의사는 웃음을 지었다.

"심각하게 영양이 부족한 것만 빼면 넌 괜찮아. 게다가 예쁘고 말이야! 나한테 필요한 건 네 상태를 체크할 그래프밖에 없어."

의사는 날짜를 쓴 다음 마야의 키와 몸무게를 적었다.

"그리고 내가 바라는 건 네 실제 나이, 키와 몸무게가 평균 성장 그래프의 한 지점에서 다 같이 만나는 거야."

의사는 말을 이었다.

"그러려면 네가 할 일은 딱 한 가지야. 주어진 삶을 받아들이고, 네게 필요한 것을 먹으면서 삶을 지켜. 네 엄마나 아빠의 행동이 어떠하든 부모님이 주신 가장 귀한 선물, 바로 네 생명을 스스로 망쳐서는 안 돼! 사람마다 자기만의 세상을 만들 수 있어. 그런데 넌 어리석게도 네 땅을 짓밟고 네게 주어진 기회를 망치고 있잖아. 그건 멍청한 짓이야!"

의사는 두 번째 서랍을 열었다.

"자, 이 표는 우리 몸에 필요한 기본 영양소이고, 이 표는 칼로리야……."

그 말에 마야가 끼어들었다.

"그건 저도 다 알아요. 완두콩은 100그램에 20칼로리. 스파게티는 360칼로리. 자, 또 물어보세요."

“마야, 네가 다 아는 거 알아. 그런데 그게 문제야. 네 머리는 이상하게 돌아가고 있어. 네 몸이 필요한 걸 먼저 생각해야 하는데 그걸 깡그리 잊고 있어. 네 머릿속은 딱 둘로 나뉘어 있지. 칼로리 있는 것과 칼로리 없는 것. 그래서 넌 칼로리 없는 것만 먹잖아. 그 결과가 뭐니? 극심한 영양실조에 빈혈이야. 잘 먹는 건 살찌는 게 아니야. 영양이 부족하지 않게 하는 거지. 의사인 나도 너한테 살찌라고 안 해. 그저 부족한 영양을 채우라는 거야. 물론 지금으로서는 살이 쪄야 할 거야. 왜냐하면 네 몸에 비축된 건 하나도 없고 고갈되고 있으니 말이야. 내 말대로 할 거지?”

“네, 선생님.”

“약속했다. 마야. ‘내 말대로 할 거지?’란 뜻은 ‘내가 이끌고 가는 길로 잘 따라올 거지?’, ‘같은 목표를 갖고 함께 갈 수 있지?’라는 말이야.”

“알아요, 선생님.”

“좋아. 그런데 넌 줄리아 아주머니가 가출한 여자 애를 맡아 줄 거라고 진짜로 믿니?”

“그럼요. 믿어요.”

“그럼 같이 가자. 아주머니가 널 받아 준다면 일러둘 말이 있으니까.”

줄리아 아주머니는 카페 탁자에 앉아 레모네이드를 마시고 있었다.

의사가 물었다.

"좀 앉아도 될까요?"

"되고말고요. 뭐 드실래요?"

"위스키 한 잔 주세요."

"마야, 너는?"

"코카콜라 라이트요."

줄리아 아주머니는 카도슈에게 주문을 전했다. 마실 것이 나오자, 마야가 말을 꺼냈다.

"그러니까 전 여기서 살고 싶어요."

이어서 덧붙였다.

"카페에서 일할게요. 대신에 절 재워 주세요. 귀찮게 하지 않을게요. 자리도 그다지 차지하지 않을 거예요. 잠자는 건 침낭 하나면 충분해요."

줄리아 아주머니는 눈짓으로 의사에게 도움을 청했다.

"그러니까……."

의사도 마야와 같은 길(언어는 길과 같으니까)로 말문을 열었다.

"마야는 집에서 더는 살 수가 없습니다. 엄마와 갈등이 있어서 엄마가 주는 음식을 거부하고 있어요. 병원이건, 아주머니 댁이건 혹은 다른 곳이건 간에 아이가 마음 편히 있을 곳이 필요합니다. 그래서 말인데요, 마야의 부모님이 동의하신다면 부인께서 봐 주실 수 있으신지요?"

마야는 펄쩍 뛰었다.

"우리 부모님이라고요? 선생님, 약속하셨잖아요! 비밀 지키기로 하셨잖아요!"

의사는 마야를 바라봤다.

"날 믿어. 부모님이 널 보러 오지는 않을 거야. 그분들은 네가 의사의 보호 아래 안전하게 있다는 사실만 알게 되실 거야."

마야가 불안해하자, 줄리아 아주머니는 마야의 손을 잡아

주었다.

아주머니는 차분한 목소리로 말했다.

"걱정 마. 의사 선생님 말씀이 맞아. 어찌 됐건 네가 여기에 있으려면 부모님의 동의가 있어야 해."

"마침 시간도 괜찮군! 마야, 저녁 7시 20분이니까 아버지께서 아직 퇴근 안 하셨겠지?"

"네."

"그럼 네 아버지 연락처 좀 줘 봐라!"

마야는 새하얗게 질려서 들릴락 말락 한 목소리로 힘겹게 말해 주었다.

가쌍 의사는 자리를 떴다.

파도가 밀려왔다가 쓸려 가듯이, 카페는 손님들로 가득 찼다가 텅 비었다. 마야의 눈에는 생소한 환경이다. 몇몇 무리가 둥근 괄호가 움직이듯 들어와 자리를 잡았다. 사람들이 옹기종기 앉은 곳마다 떠들썩한 소리가 나고 김과 연기가 피어올랐다. 아무도 서로 신경 쓰지 않았다. 이따금 무리끼리 슬그머니 자리를 합치기도 했다. 그러다가 희미한 빛과 웅성거림 속에 사람들은 일어나 흩어지고 사라졌다.

밤 9시. 카도슈는 탁자마다 돌아다니며 양초를 켰다. 밖은 캄캄해졌는데, 의사 선생님은 어떻게 된 걸까? 아무 말 없이 꼼짝 않고 앉아 있던 마야는 자신도 촛불처럼 제자리에서 다

타 버린 기분이었다. 희뿌연 연기 속에 카도슈가 뚜렷이 모습을 드러내며 마야를 향해 똑바로 걸어왔다.

"그러니까 이 꼬마 아가씨가 우리 카페에서 일하고 싶은 거야?"

'……니…… 꼬마…… 가씨……?'

마야는 카도슈의 말이 흐릿하게 들렸다.

마야가 말했다.

"네……. 그러면 안 되나요?"

"아니, 그런 건 아니고. 그냥 신기해서. 그러면 이리 와 봐. 몇 가지 가르쳐 줄게."

카도슈가 상냥하게 말했다.

마야는 일어나 그를 따라갔다. 왠지 작아지는 기분이었다.

바 뒤로 가니 작아지는 기분이 더했다. 카도슈의 머리만 바를 넘어갔다. 마야의 키는 고작 어린아이 정도밖에 안 되니 말이다!

"자, 봐. 이 기계로 유리잔, 찻잔, 잔 받침과 숟가락을 씻는 거야. 그리고 나서 수건에 닦아서 정리하면 돼."

"해 볼게요!"

마야는 기계를 열어 바구니를 꺼냈다.

하지만 마야가 유리잔을 닦기 시작하자마자 마야의 머리 위로 목소리가 들렸다.

"생과일 칵테일 한 잔 줘요!"

마야는 납작한 작은 모자 쓴 얼굴을 들었다. 예쁜 척 한껏 뽐낸 열일곱 열여덟 살 정도 되어 보이는 여자 애가 바에 앉아 마야를 내려다봤다. 여자 애는 긴 머리에 가슴이 드러나는 푹 파진 옷을 입고 있었다.

"뭐라고요?"

마야는 얼빠진 표정으로 여자 애를 바라보며 물었다. 와장창. 유리잔 하나가 마야의 발에 떨어져 깨졌다!

카도슈가 도우러 달려왔다.

여자 애가 간드러진 목소리로 말했다.

"안녕! 소꿉장난하는 이 계집애는 누구야?"

"안녕, 엘레나. 어, 내 동생이야. 마야라고 해."

여자 애는 호들갑스레 말했다.

"어머, 그래? 처음 듣는 애긴데. 동생이 있었어?"

"응!"

카도슈는 짧게 대답하고는 몸을 숙여 마야를 도와 깨진 유리 조각을 치웠다.

"죄송해요. 정말 죄송해요!"

마야가 울먹였다.

"괜찮아. 그래도 치우는 건 할 줄 알잖아."

카도슈가 마야를 다독였다. 그러고는 당근, 복숭아, 사과,

오렌지로 칵테일을 만들어 가슴 큰 공주한테 갖다 줬다.

밤 10시, 가쌍 의사가 돌아왔다.

마야는 죽은 사람처럼 다가갔다.

"뭐라고 하세요? 만나셨어요?"

"그래, 만났어. 말씀이 참 없으시더구나."

"그것 보세요!"

마야는 얼굴을 찌푸렸다.

의사가 말했다.

"말씀은 많이 안 하셨지. 하지만 우셨어."

마야는 바르르 떨었다.

"이젠 너무 늦었어요. 그 전에 날 봤어야죠."

의사는 자리에 앉아 다시 위스키 한 잔을 시켰다.

마야는 의사 앞에 앉았다.

"여기 있고 싶다는 생각은 여전하니?"

마야가 대답했다.

"네, 변함없어요."

"그럼 가서 줄리아 아주머니를 모셔 오고, 종이도 몇 장 가
져와라."

의사가 떠나자 카페는 썰물 때가 된 것 같았다. 밀물과 썰

70

물은 더는 없었다. 줄리아 아주머니는 마야를 데리고 들어가
고, 카도슈만 남아 뒷정리를 했다. 카도슈는 불을 끄고 커튼
을 친 다음, 바다로 쓸려 가듯이 카페 뒤로 들어갔다.

　거실 탁자에는 마야의 모자가 있고, 그 옆에 종이 세 장과
펜이 있었다. 마야는 소파에서 잠들었다.
　카도슈는 곱고 가는 마야의 얼굴을 잠시 바라보다 속으로
인사했다.
　'잘 자라.'
　마야의 목소리가 화답하는 듯했다.
　'잘 자요.'

이튿날, 동이 틀 무렵 마야는 일찌감치 일어났다. 주위를 둘러봤다. 꿈이 아니다. 성소도, 검은 심연도 없다…….

카페 뒤는 아직도 마지막 파도에 밀려 항해하는 것 같았다. 마야는 침묵의 소리를 들었다. 마야는 생각했다. 곧 줄리아 아주머니의 카페에 닻을 내리고 정박하겠지. 길가가 축축이 젖을 거야. 사람들이 들어오고 여기저기 앉아서 살아 있는 말들을 주고받을 거야.

"안녕하세요! 안녕하세요! 물 한 잔 줘요! 위스키도 있지요?…… 아, 진짜 날씨 춥다! 이봐, 그 사람들이 그랬어. 루이 씨는 잘 지내요? 부인은요?…… 나쁜 놈들, 알고 있었어? 그 세금 말이야!"

그래, 진짜다. 꿈이 아니다. 마야는 기지개를 켰다. 더는 성소도, 검은 심연도 없다. 하지만 여전히 배 속에 남아 있는 것 같다. 끝도 없이 텅 빈 구멍 같은 게 있어 가득 찬 것보다도 더 무겁게 내리누르는 것 같다. 마야는 숨이 막혔다. 어떻게 이 빈 구멍을 메울까? 어떻게 없애 버릴까? 마야는 빨려 들어가지 않기 위해 자리에 앉았다. 전날 의사가 부르는 대로 받아 적은 종이가 눈에 들어왔다.

첫 장에는 이렇게 썼다.

나는 먹고, 먹으니, 먹어서, 먹는다.
너는 살고, 사니, 살아서, 산다.
그는 노래하고, 노래하니, 노래한다.
나는 쓴다. 나는 산다. 나는 춤춘다…….

의사가 그랬다.
"이걸 믿어야 해! 네 팔과 네 다리를 느껴야 돼! 마야, 넌 살아야 돼!"

그렇지. 하지만 어떻게 믿지? 마야는 탁자 앞, 바닥에 앉아 곱슬머리를 쓸어 올려 납작한 작은 모자로 고정시켰다.

펜을 쥐고서 마음속에서 떠돌다 흘러나오는 슬픈 노래를 손이 가는 대로 적었다.

　내 이름은 마야. 다리를 저는 말라깽이 여자 애. 나는 다리를 절기 때문에 길에서 넘어질 거야. 그 길은 하도 작고 절뚝거려서 아무도 보지 못하지. 그런데 마침 누군가 이 길에 있어. 저기에 있을 거야. 슬프게 다리를 절면서. 다리를 저는 사람은 나처럼 아무것도 아닌 삶을 살고 있어. 보이지 않는 삶. 아무에게도 결코 보이지 않거든. 하지만 우리는 금방 서로 알아볼 거야. 우리의 눈은 거의 존재하지 않는 것들, 아주 미미한 것들을 보는 데 익숙하니까. 그렇게 마법 같은 눈빛에 우리는 세상에 드러나게 돼! 동시에 우리의 몸은 부풀어 오르고 더는 절름발이도, 말라깽이도 아니게 될 거야! 우리는 서로 손을 잡고 길 위를 달릴 거야!

　마야는 깊은 한숨을 내쉬며 다음 장을 넘겼다.

　내 이름은 마야. 나는 온전한 인간이고 내 공간을 채워야 해. 나는 세상을 바꿀 수는 없어. 그래서 토해도 소용없어. 하지만 나는 나만의 세상을 만들 수 있어.

마야는 생각했다.

'그래, 그래서 난 떠났어요, 아빠……. 이 시간이면 아빠는 벌써 일터에 있겠지요. 인간들을 하늘까지 끌어 올릴 어마어마한 철탑을 만들고 있을 거예요! 구스타브 에펠(에펠탑을 설계한 프랑스의 건축가 : 옮긴이)의 것만큼이나 아름다운 철탑일 거예요! 하지만 문제는 아빠가 너무 높이 올라가 버렸다는 점이에요!'

마야는 잠시 자기가 '쭈욱이'가 되는 상상에 빠졌다. 쭈욱이는 바바빠빠(자유롭게 변신이 가능한 프랑스 인기 캐릭터 : 옮긴이)랑 비슷하다. 양팔이 마음대로 늘어나고, 휘고, 갈라지고, 벽난로를 타고 올라가 언제나 길을 찾을 수 있다.

쭈욱이 마야는 팔을 쭈욱 늘려서 아빠에게로 보내 철탑 끝에서 길을 잃어 내려오지 못하는 아기처럼 쪼그만 아빠를 붙들었다……. 아름다운 교향곡이 울리고, 마야는 아빠를 자기 품으로 데려와 영원히 기억하기 위해 꼭 끌어안았다. 난 떠나요. 날 미워하지 마요, 아빠. 아빠는 세상에서 가장 멋진 아빠예요. 그래서 내 마음속에 아빠를 데려가요!

그러고 나서 마야는 다시 펜을 쥐고 글을 썼다.

눈물은 바다처럼 사람들을 연결한다. 어제 아빠가 날 위해 울었다.

　세 번째 장에는 두 가지의 글이 있었다. 먼저 의사의 글이 있었다.

　내 이름은 죠세프 가쌍, 의사. 나는 내 의학 지식과 마야와의 우정을 바탕으로 마야가 변할 수 있도록 도울 것을 약속한다. 그러나 이 계획의 성공은 투명성과 신뢰를 전제로 하고, 마야의 편에서도 약속을 이행해야 한다.

　　　　　　　　　　　　　서명　<u>죠세프 가쌍 박사</u>

삐뚤빼뚤 쓴 마야의 글이 이어졌다.

　나는 줄리아 아주머니가 내 의견을 물어보고 식단을 짜면 줄리아 아주머니가 주는 음식을 먹을 것을 약속한다. 음식을 두고 낱낱이 헤아려 보는 강박증, 구토증, 거식증 혹은 억제할 수 없는 헛헛증이 일 때 즉각 가쌍 의사 선생님이나 줄리아 아주머니에게 알릴 것을 약속한다. 그리고 절대로 몰래 토하지 않겠다고 약속한다.

　　　　　　　　　　　　　　　　　서명　<u>마야</u>

아아, 마지막 장이네. 아직 일어난 사람은 아무도 없는데.
마야는 다시 누웠다. 외롭게 기다리는데 멀리서 거짓말쟁이
에 엄마도 아닌 엄마가 부르는 기분 나쁜 동요가 들렸다.

    엄마, 조각배가

    물 위를 지나가요.

    조각배에 발이 달렸나요?

    당연하지, 바보야.

    발이 없으면

    앞으로 나아갈 수가 없지.

    ('엄마, 조각배가 물 위를 지나가요.'라는 유명한 프랑스 동
요. 여기서 '바보'가 부정적으로 쓰였지만, 원래 이 노래에서는
친근한 의미를 가짐 : 옮긴이)

    마야의 마음속에는 이런 가시 달린 선인장 동요밖에 없다.
선인장 동요들은 오아시스를 찾지 못한 여자 애들의 사막 같
은 마음을 가장 좋아하기 때문이다.

    마야는 이불 속으로 들어가 공처럼 몸을 웅크렸다. 마야의
심장이 바들바들 떨리면서 움츠러들었다. 마치 길이 딱딱하
기라도 한 것처럼.

아침 7시, 줄리아 아주머니가 나오다 훌쩍이는 마야를 발견했다.

"세상에, 무슨 일이니? 여기 있기로 한 게 후회되니? 돌아가고 싶어? 그런 거야?"

마야는 소리쳤다.

"아, 아니에요. 그게 아니에요!"

갑자기 작은 강물이 일듯이 마야는 일어나 줄리아 아주머니의 품에 안겼다.

"아줌마한테 할 말 있니?"

마야는 눈물을 훔치며 대답했다.

"고맙습니다. 이제 괜찮아요."

"좋아. 그럼 카페 문 열기 전에 같이 아침 준비할까? 어
때? 아침 뭐 먹고 싶니?"

마야는 희망찬 눈으로 바라봤다.

"과일 어때요?"

줄리아 아주머니가 말했다.

"과일과 계란 반숙, 괜찮지?"

"좋아요."

둘은 엄마와 딸처럼 다정하게 부엌으로 갔다.

두 사람은 식탁에 앉았다.

줄리아 아주머니가 물었다.

"맛있다. 그렇지?"

마야가 끄덕였다.

"네, 맛있어요."

"빵도 먹지 않을래?"

마야는 주저했다.

"아니요. 그건 좀."

줄리아 아주머니는 의사가 두고 간 기본 영양소 표를 가져
왔다.

"봐, 아침을 어떻게 먹던 간에 언제나 비스킷이나 빵은 먹
어야 하잖아……"

마야가 말했다.

"네, 먹을게요."

잠시 후, 가쌍 의사가 전화를 했다.

"마야, 명심해라. 넌 갓난아이처럼 날마다 30그램씩 몸무게를 늘려야 해!"

"30그램씩요? 네, 알겠어요. 지킬게요."

집을 떠난 지 두 달이 되었어요.

어제 가짱 의사 선생님을 만나 몸무게를 쟀어요. 진료할 때마다 이렇게 해요. 전 의사 선생님과 약속한 대로 날마다 30그램씩 체중을 늘려야 해요. 처음 쟀을 때보다 벌써 1킬로 860그램이나 늘었어요. 의사 선생님은 기대 이상이라며 좋아하세요.

선생님은 종종 카페에 들러 저와 얘기를 나눠요. 제가 충분한 사랑과 믿음을 받지 못해서 피지 못한 것 같대요. 그대로 뒀다면 반쪽짜리 여자 애로 남아서 끝났겠지요.

선생님은 아이를 낳는 건, 아이에게 생명을 주는 것뿐 아니라 발언권과 자유 의지, 그리고 본래의 정체성을 아이한테 줄 것을 받아들이는 거라고 말씀하셨어요.

간혹 삶에서 예기치 못한 사고로 모성 본능이 제대로 작동하지 못하는 경우가 있대요.

아마도 우리 삶에서 일어난 사고는 누르 언니의 일이겠지요.

하루에도 몇 번씩 아빠 생각을 해요. 예쁜 파사드(건축 용어로, 건축물의 주된 출입구가 있는 정면부 : 옮긴이), 건축물, 아름다운 벽이나 궁전을 볼 때마다 아빠 생각이 나요!

절 보살펴 주는 줄리아 아주머니는 참 좋은 분이세요. 낮에는 카페에서 같이 일하고, 식사 때는 같이 음식을 준비할 뿐만 아니라 한 상에서 함께 먹어요. 우리 집도 종종 다 같이 먹었다면 얼마나 좋았을까요? 전 부엌에서 혼자 먹는 게 참 싫었어요. 꼭 돼지우리에서 사육당하는 돼지 같았어요.

줄리아 아주머니는 제가 먹기 싫어하는 음식 목록을 만들어서 요리할 때 될 수 있으면 적게 넣으려고 애쓰세요. 이 문제로 이따금 가쌍 의사 선생님과 부딪치지요.

사실 두 분 생각이 달라요. 의사 선생님은 제가 신체 기본 영양소 표에 맞춰서 다 챙겨 먹어야 한다고 하시지만, 전 아직도 기름과 버터는 망설여지거든요. 크림, 설탕과 초콜릿도 먹기 힘들고요. 다행히 줄리아 아주머니가 든든하게 제 편이 되어 주세요!

세 달 뒤면 줄리아 아주머니의 아들인 카도슈 오빠의 생일이에요. 열아홉 살이 돼요. 전 지금부터 노력해서 그때쯤이면 초콜릿은 먹을 수 있었으면 좋겠어요. 오빠가 좋아하는 케이크가 초콜릿 케이크거든요.

학교는 질병 사유로 결석계를 내서 당분간 가지 않아요. 가쌍 선생님은 제가 또래랑 어울려서 정상적인 학교생활을 하려면 완전해져야 한대요.

그래도 저는 날마다 공부하고, 책도 많이 읽고, 통신으로 선생님과 함께 공부해서 유급하지 않고 정상적으로 한 학년 올라갈 거예요.

그럼 이만 줄일게요.
안녕히 계세요.

마야

추신_ 절대로 절 보러 오지 마세요! 그래도 원하시면, '줄리아 카페' 앞으로 편지를 보내세요.

나의 사랑하는 딸, 나의 별에게 ……

　네 편지를 받고서 얼마나 기뻤는지 모른단다. 아빠는 신 나게 놀 줄 모르는 사람이지만 파티라도 열어서 팡파르라도 울리고 싶은 기분이었어!

　네가 떠난 뒤로 내 삶은 큰 빛을 잃었고, 난 모든 것을 잃은 늙은이가 된 것 같아. 물론 난 색을 입히는 일을 하고 있고, 네가 말했듯이 내 눈은 창공의 푸른빛을 지녔지만, 내 영혼은 전보다 더 캄캄해졌고, 때때로 모든 일에 의욕을 잃을 정도로 지쳐 있단다.

　왜 난 네가 나의 작은 별이며 사려 깊고 훌륭한 딸이란 사실을 깨닫지 못했을까? 왜 널 지키지 못했을까?

　너도 알겠지만 사람은 나이를 먹으면 멍청해지고, 오만해진단다. 최근 몇 년간 내 일 외에 다른 건 신경 쓰지 못했어. 요즘은 밤이면 이따금 네가 악몽을 꾸다 비명을 지르는 것 같아 미친 듯이 일어나 네 방으로 달려가 본단다. 혹시라도 네가 돌아온 게 아닐까 해서 말이다.

　네 언니의 죽음을 받아들이는 건, 나로서도 네 엄마를 도울 수 없었단다. 그 아인 우리가 3년 만에 얻은 아이였어. 그동안 네 엄마는 세 번이나 유산을 했지. 그러다 마침내 누르가 태어난 거야.

네 엄마는 누르를 진정 사랑했단다! 네 엄마가 꿈꾸던 딸 그대로였지. 그런데 6년 뒤, 고압전선이 끊어져 정원으로 떨어지는 바람에 우리의 아기 천사는 그 자리에서 감전사하고 말았어. 나이마의 충격은 이루 말할 수 없었단다. 꽃밭에 쓰러져 죽은 누르를 발견한 사람이 바로 네 엄마였거든.
그리고 그 아이를 땅에 묻어야 했지. 네 엄마의 고통은 말도 못했고, 제정신이 아니었단다. 그래서 네 엄마를 진정시키기 위해 성소를 만들었던 거야.

결국 그 지경이 되도록 내버려 둔 내가 옳았을까? 난 네 엄마를 잃을까 봐 두려웠던 거야. 네 엄마가 완전히 침몰해 버릴 것 같았거든.

네 엄마는 밤낮으로 어린 딸만 지키며 세월을 보냈어. 네 엄마가 그랬지. 누르는 떠난 게 아니라고. 그래서 다시 아이를 갖는 건 생각지도 못했어. 네 엄마는 평생 그렇게 애도만 하며 살려고 했고, 다른 건 생각지도 않았어.

마침내 3년 뒤, 행복한 사건이 일어났어. 마야, 너를 임신한 거야. 난 너를 통해 네 엄마가 삶의 기쁨을 회복하길 간절히 바랐단다. 하지만 너를 통해 죽은 누르를 되살리려고 할 줄은 꿈에도 몰랐어.

그렇게 네가 태어났어. 아기 마야는 많이 말랐고, 언니와는 달랐지. 네 머리는 머리털 하나 없고 네 작고 둥근 얼굴은 오래된 산꼭대기에서 볼 수 있는 차돌처럼 단단했어. 우리 마야, 차라리 네가 아들이었다면 네 엄마가 너희들을 비교하지 않았을 텐데.

마야, 이 못난 아빠를 용서해 다오. 혼자서 일로 도망쳤던 날 용서해 다오. 네 엄마가 그 끔찍한 과거에서 벗어나려고 하지 않는 이상, 나라도 널 비극에서 끌어내 함께 도망갔어야 했는데. 이제라도 네 작은 두 발 앞에 드넓은 세상을 가져다 놓을 수만 있다면 어떤 대가라도 치르고 싶구나.

네 몸무게가 1킬로 860그램이나 늘었다는 얘기에 이를 데 없이 기쁘다! 장하다, 우리 딸!

이따금 네 빈자리가 너무 커서 내 마음속에 기억하고 있는 너를 그려 본단다. 넌 예쁘고 눈부시지! 오늘 내 작업실은 온통 너로 가득해.

줄리아 아주머니와 가쌍 의사 선생님께 깊은 감사를 드린다고
전해 드려라.

너를 사랑하는 아빠, 파블로가

나의 사랑하는 딸, 나의 별에게 ·······

아빠는 공사 때문에 일주일 전부터 카이로에 와 있단다. 내가 어디에 있든지 네가 있는 곳을 생각하지. 네가 있는 그곳은 햇살이 눈부시고 맑을까 아니면 흐릴까, 네 눈빛은 환할까 아니면 그늘져 있을까.

여기서는 아침마다 나일 강 위로 떠오르는 해를 볼 수 있어. 보기 드문 아름다운 순간이야. 아침 안개가 사방으로 흩어지면서 나일 강이 장엄하게 드러나거든. 내가 있는 13층 아래로는 먼지, 더러움, 무질서와 가난은 더는 보이지 않아.

밤이 되어 퇴근할 때면 황황히 빛나는 도시의 불빛이 잠자는 강물 위로 흐른단다. 카이로는 더럽기도 하지만 동시에 화려하기도 한 도시야.

네 첫 번째 편지를 받은 지 보름이 지났구나. 계산을 해 보니 의사 선생님 지시대로 잘하고 있다면 지금쯤 2킬로 310그램은 늘었을 것 같구나.

돌아가면 네 편지가 기다리고 있겠지. 생각만 해도 절로 기분이 좋아지는구나.

널 볼 권리를 잃었지만 먼발치에서라도 널 지켜볼 수 있게 해
다오.

카이로, 르 메르디앙 호텔에서

널 사랑하는 아빠, 파블로가

나의 별, 나의 작은 천사에게 ••••••••••

난 이틀 전에 돌아왔단다. 다시 일할 시간이라 잠시 짬을 내어 몇 자 적는다.

나한테 시간이 필요했지만 뭔가를 깨달은 것 같다. 가장 아름다운 건축물은 눈에 보이는 게 아니란 거야. 그건 서로 생각을 편하게 얘기하고, 걱정을 들어 주고, 다정한 말을 나눌 수 있는 친밀한 관계와도 같은 것이지.

비밀의 정원, 사람과 사람 사이를 잇는 다리, 바람과 파도에도 당당하게 맞설 수 있게 하는, 보이지 않지만 끊어지지 않는 질긴 끈과도 같은 거야.

지금 네 덕분에 우리 둘 사이에 그런 끈이 생긴 듯하다!
네 소식을 기다린다.

널 사랑하는 아빠, 파블로가

화요일 새벽 4시 ●●●●●●●●●●●●●●●●●●●●●●

아빠,

전 믿을 만한 애가 못 돼요. 조금 있으면 줄리아 아주머니와 가쌍 선생님이 저한테 무지무지 실망하실 거예요. 정말이지 다 잘될 수 있었는데.

어제 아침, 신선한 버터를 사려고 유제품 가게에 갔어요. 돌아오는 길에 빵집 아저씨한테 초콜릿 재료 선택과 빵 굽는 방법을 물어봤지요. 카도슈 오빠한테 특별한 케이크를 선물하고 싶었거든요!

제가 길에서 쓰러졌을 때, 절 안아 준 사람이 오빠니까요. 아빠한테는 죄송하지만, 아빠 마음을 아프게 하려는 건 아니에요. 하지만 몸을 숙여 저를 봐 준 사람은 오빠가 처음이었어요.

조리법에는 20분이 걸린다고 했지만, 무게를 재고, 재료를 섞고, 제대로 된 게 맞나 확인하는 데 적어도 40분은 걸렸어요. 월요일은 쉬는 날이라 카페 문을 닫아요. 하지만 줄리아 아주머니와 저는 아무도 모르게 카페 문을 열었어요. 오로지 우리 셋을 위해서요. 카도슈 오빠한테는 비밀이었지요. 카페는 마치 모두가 잠자는 것 같지만 사실은 꿈처럼, 마음이 가까워지고 서로 사랑을 고백하는 밤처럼 가장 깊은 은밀한 곳에서는 살아 있는 공간 같았어요.

우리는 초에 불을 붙였어요. 모든 것으로부터 멀어져 망망대해 한복판에 떠 있는 배 안에 있는 듯했어요. 아니, 세상으로부터 수천 킬로미터 떨어진 외딴섬의 깊은 동굴에 있는 듯했어요.

그렇게 우리 셋밖에 없었어요.

모든 게 엉망이 된 건 그때였어요. 카도슈 오빠의 친구들이 생일 축하한다며 전화를 한 거예요. 오빠는 같이 놀자며 친구들을 초대했지요!

친구들 일곱 명이 왁자지껄 한꺼번에 들이닥쳤어요. 직접 만든 게 아닌 냉동 피자와 싸구려 맥주를 들고서요. 그 가운데 여자 애 세 명은 참 예뻤어요.

카도슈 오빠는 셔터를 올려 친구들을 들어오게 했어요. 그러면서 바깥 냄새와 소음도 따라 들어왔지요. 마법 같은 시간은 날아가 버렸어요.

얼마나 슬펐는지 아빠는 모를 거예요. 준비한 모든 게 산산조각이 났지요! 다 사라지고 말았어요!

줄리아 아주머니마저 아이들끼리 노는 게 낫겠다며 자리를 뜨셨어요. 전 그들 틈에서 외톨이가 되었고, 별 볼일 없는 하찮은 애 같아 죽고 싶었어요.

순간 전 아무것도 나아지지 않았다는 걸 깨달았어요. 여전히 세상에서는 혼자이고, 모든 것으로부터 밖에 있고, 거기에 어울리지 못했어요.

비참한 기분에 돼지처럼 게걸스럽게 먹기 시작했어요. 그동안 여자 애들은 자리에서 일어나 춤을 추기 시작했어요. 그 애들은 공주처럼 예뻤지요. 그래서 전 토하러 도망쳤어요. 손가락을 입에 집어넣었어요.

사는 건 달리기와 비슷한 것 같아요. 출발선부터 달랐기 때문에 따라잡을 수가 없어요.

오페라 쥐와 시궁창 쥐의 차이는 어떻게 해도 좁혀지지 않아요, 아빠.

사랑하는 딸, 나의 작은 별에게 ······

어떻게 그런 생각을 할 수 있니? 아빠가 잘못했구나. 네가 얼마나 예쁜지 왜 말을 안 했을까? 얘야, 모든 건 고칠 수 있단다. 네가 작고 마른 건 못난 우리가 널 다 만들지 못했기 때문이야.

넌 호리호리한 달 같지만, 햇빛을 받으면 살찔 수 있을 거야.

내가 너에게 좋은 태양이 되지 못한 것 같아 가슴이 아프구나. 무능한 아빠를 용서해 다오.

네게 빛을 비추지 못하고 그림자만 되었어. 내가 지은 탑들을 다 부수고, 내가 그린 그림들을 다 찢어 버리고 싶구나!

제발, 얘야, 네 자신을 그렇게 보지 마라. 넌 한 마리 새처럼 곱고, 옳지 않은 건 다 뿌리칠 정도로 네 마음은 바르단다!

먹으렴. 먹는 게 얼마나 좋은 건지 느끼고, 즐기거라.

내 온 마음을 담아 네게 내 손을 보낸다. 이 손이 네 얼굴과 뺨을 만지고, 네 두 손을 잡아 볼 거다. 사랑이 느껴지니? 아빠의 마음이 느껴지니?

다시 힘내라, 아가.

널 사랑하는 아빠, 파블로

나의 새, 나의 별에게 ··············

한 달 반 동안 소식이 없는데 잘 지내는지 궁금하구나.

어제는 꼬맹이 사미가 네가 어렸을 적에 참 좋아한 《리키티키 타비》(러드야드 키플링의 작품 《정글 이야기》에 담긴 다섯 가지 이야기 중의 하나 : 옮긴이) 책을 들고 아빠의 작업장에 들렀단다. 이 책 기억나니? 늘 이 이야기만 읽어 달라고 졸랐잖아!

당시에 넌 어려서 글을 읽을 줄 몰랐지. 아빠는 어려운 글자를 읽을 줄 아는 위대한 마법사 '오!'였고 말이야! 내가 바닥에 구멍이 숭숭 뚫린 다락방에 올라가 의자에 앉아 턱수염을 매만지고 있는데, 네가 요리조리 구멍을 피해 아장아장 걸어왔어. 그때 내가 얼마나 놀랐는지 아니? 간담이 떨어지는 줄 알았어.

난 사미를 데리고 작업대 밑에 앉아 옛날처럼 '싯싯' 소리를 내며 책을 읽어 줬어. 네게 책을 읽어 주던 그 시간이 떠올라 참 즐거웠단다.

"알을 줘, 리키티키. 그 알을 내게 주면 여길 떠나서 다시는 오지 않을게."

넌 이 대목을 가장 좋아했지.

그리고 또 있어.

"나가이나가 조금씩 조금씩 다가가더니 리키티키가 잠시 숨을 돌리는 틈을 타서 잽싸게 알을 입에 물었다. 그리고 휙 돌아서서 화살처럼 빠르게 베란다 계단을 통해 정원으로 도망쳐 버렸다. 곧 리키티키가 그 뒤를 쫓았다. 코브라가 죽을힘을 다해 달아날 때에는 말의 등을 후려치는 채찍처럼 빠르다."

여기서 난 다락방에 나뒹구는 끈을 쥐고서 바닥을 세차게 때리며 '철썩! 철썩!' 소리를 냈지! 그러면 넌 눈이 휘둥그레져서 몸을 웅크리고는 바들바들 떨었어.

드디어 이야기가 끝나면 넌 나그와 그의 사악한 아내, 나가이나가 죽어서 안심하며 좋아했지. 하지만 멜론 밭에서 죽어서 무자비한 개미 떼들의 밥이 되고 있을 새끼 코브라들을 생각하며 조금은 가슴 아파했어.

갑자기 옛날 얘기를 하니 참 좋구나. 널 꼭 안아 본다.

널 사랑하는 아빠 파블로가

아빠 덕분에 굉장한 시간을 누렸어요!

어제 아빠의 편지를 읽고 도서관에 가서 나그를 무찌른 용맹스런 《리키티키타비》를 빌렸거든요!

카페에 돌아왔더니, 카도슈 오빠가 어디에 다녀왔냐고 묻는 거예요. 그래서 리키티키가 '인도의 세고올리 영국군 병영에 있는 큰 저택의 욕실에서 혼자서' 치른 위대한 전투 이야기를 해 줬어요. 오빠는 재미있다는 듯이 웃었지요. 더 알고 싶어 했어요! 그래서 제가 밤 12시 1분(밤 12시는 범죄의 시간이니까요.)에 보자고 했어요. 우리는 서로 시계를 맞췄어요.

밤 12시 5분 전, 오빠는 카페 문을 닫았어요(카페 문을 닫는 건 오빠 일이에요. 아침에는 줄리아 아주머니가 카페 문을 열고요.). 밤 12시 1분에 카도슈 오빠는 바 밑에 앉았어요. 저도 책을 가지고 앉았어요. 아빠처럼 똑같이 '싯싯' 거리는 소리를 내며 흥미진진하게 책을 읽었어요…….

"알을 줘, 리키티키. 그 알을 내게 주면 여길 떠나서 다시는 오지 않을게."

카도슈 오빠는 좋아하며 열심히 들었어요. 새벽 1시가 되어 잠자리 갈 때 오빠가 인사하며 그랬어요. '우리가 기억을 나눈다는 건, 진짜 오누이처럼 된다는 거야!' 그 말에 제 가슴은 풍선처럼 부풀어 올랐어요. 아니, 아빠가 말한 그 달처럼 됐어요. 전 소파에 누워 눈을 감았지만 두근두근 가슴이 설레어 잠을 이룰 수가 없었어요.

아빠, 공원에 있던 흔들의자 기억하세요? 왜, 아빠가 특별히 잘 밀어 달라고 아저씨한테 돈을 두 배나 더 주셨잖아요. 그때와 같이 전 구름 위로 여행을 떠나는 상상에 빠졌어요. 끝도 없는 여행이었지요. 15분쯤 지났을 즈음에 잠이 들었는데 카도슈 오빠가 문을 두드렸어요. 다음 주 월요일에 저를 어디로 데려가고 싶다고 말했어요. 전 그게 무슨 소리인지 몰라 물어보려고 했지만, 오빠는 입술에 손가락을 갖다 대며 신비로운 분위기를 풍기고는 나갔어요. 덕분에 그날 밤은 그걸로 잠은 다 잔 셈이 됐지요!

지금도 그 특별한 장소가 어딜까 궁금해 죽겠어요. 분명히 멋진 곳일 거예요.

아빠를 사랑해요.

마야

사랑하는 딸, 나의 별에게 ·············

그 카도슈란 친구, 참 운이 좋구나! 우리 딸이 마음에 든 모양이네. 아빠도 기분이 좋다. 그다음 얘기가 얼른 듣고 싶구나.

널 사랑하는 아빠, 파블로가

추신_ 어제 네 엄마가 너의 소식을 물었어. 우리 사이에 편지가 오간다는 사실을 알고 있단다. 난 네가 잘 지내고 있고, 행복한 것 같다고 전해 줬어.

아빠, 하루가 모든 흐름을 바꿔 놓을 수 있나요? 제 눈을 가리던 장막이 찢어지고 태양이 들어온 것 같아요! 아빠, 설계도를 옆에 잠시 밀어 두고 앉아 보세요. 동화같이 아름답고 신기한 이야기를 들려 드릴게요!

그 월요일은 긴긴, 아니 깊은 여행처럼 밤에 시작해서 그다음 날 밤에 끝났어요……. 일요일 밤에 우리는 서로 아무 말도 하지 않고 각자 자러 갔어요. 그리고 늦은 밤, 온 세상이 잠든 것 같은 시간에 카도슈 오빠가 절 깨우러 왔어요. 마치 비밀의 문이 우리 둘을 향해 열린 듯했어요. 카도슈 오빠는 말하지 말고 조용히 일어나라고 손짓했어요. 기억으로의 여행은 내면 여행처럼 눈에 보이지 않고 고요했어요.

저는 소리 나지 않게 살금살금 걷던 그 시작부터 이미 들떠 있었어요.

10분 뒤, 우리는 뒷문을 열고 밤으로 달렸어요.

저는 어디로 가는지 몰랐어요. 그저 새로운 세상을 찾아 떠나는 어린아이가 된 기분이었어요.

우리는 기차역에 갔어요. 전 작은 것 하나라도 그냥 지나치지 않았어요.

작은 움직임을 포착하고, 작은 소리에도 귀 기울였지요. 빈틈 없는 경계 태세를 취했어요.

플랫폼에서 기차가 우리를 기다리는 것 같았어요. 카도슈 오빠는 절 데리고 곧장 기차에 올라탔어요. 전 오빠만 따라가느라 행선지 표지는 보지 못했어요. 그리고 기차가 출발했어요.

여행 내내 우리는 거의 말하지 않았어요. 카도슈 오빠가 제 귀에 워크맨 이어폰을 꽂아 줬어요. 감미롭고 때때로 조금은 경쾌한 음악이 흘러나왔어요.

오빠는 내가 더 묻지 않길 바라는 눈치였어요. 내가 알고 있어야 하는 건 우리가 오빠의 기억 속 어디론가 가고 있다는 것뿐이었어요. 이건 마치 흐릿하면서 순식간에 이뤄지는 듯한 시간 속으로, 이름도 없는 곳으로 떠나는 신비로운 여행 같았어요.

우리는 달리는 기차 안에 나란히 앉아 이따금 잠들기도 하면서 몇 시간을 보냈어요. 우리가 몇 시에 떠났는지 몰라요. 우리 둘 다 시계가 없었어요. 기준을 삼을 만한 게 아무것도 없었어요.

도착했을 때 막 동이 트고 있었어요. 귀에 여전히 이어폰을 꽂고 있어서 플랫폼에 내딛는 제 첫 발걸음 소리를 듣지 못했어요.

마치 닐 암스트롱이 달에 첫발을 내딛는 것 같았어요. 무중력 상태에 있는 것 같아 모든 게 가능해 보였어요!

우리는 기차역을 나왔어요. 카도슈 오빠의 행동에서 거의 다 왔다는 걸 알았지요!

카도슈 오빠는 제 귀에서 이어폰을 빼 줬고, 오빠의 아빠가 한 말을 얘기해 줬어요. 사물은 밤에 꿈을 꾸기 때문에 가장 아름답다고. 하지만 빛에 비친 모습을 본다면 그건 다시 태어나는 모습을 보는 거라고. 그렇기 때문에 엄청난 행운이라고 했어요!

오빠가 아빠의 얘기를 꺼낸 건 처음이었어요. 그제야 저도 한 번도 물어보지 않았던 걸 알았지요. 사실 오빠의 집, 아니 줄리아 아주머니의 댁에서는 아빠의 빈자리가 단 한 번도 느껴지지 않았거든요.

그때 갈매기 한 마리가 울었어요. 그래서 저도 따라 외쳤어요.

"나도 알아. 우리가 바다에 왔어!"

카도슈 오빠는 싱긋 웃으며 제 손을 잡고는 뛰기 시작했어요! 그 순간, 온 세상이 도는 것 같았어요. 아니, 멈춘 것 같았어요. 아무래도 상관없어요! 우리 둘은 우리만을 위해 펼쳐진 길을 달렸어요! 저는 훨훨 날아갈 것 같았어요! 다리를 저는 말라깽이 여자 애, 마야는 더 이상 없는 듯이 느껴졌어요!

아, 맞아요, 아빠. 제 몸무게가 30킬로그램이 됐어요. 33킬로그램이 되면 가쌍 선생님이 크게 파티를 열자고 하셨어요!

그렇게 우리는 이 길 저 길을 달려 항구를 지나 드디어 이 여행의 목적지에 이르렀어요!

물 한가운데 폐가가 있는 완전히 야생의 장소였어요. 갈대밭에서 갈매기들 한 떼와 다른 새들이 울면서 날아올랐어요.

카도슈 오빠가 따라오라고 했어요. 길이 늪지에 있는 집으로 통했어요. 주변에 경치라고 말할 만한 것은 하나도 없었어요. 그저 바람과 우리 주위를 가까이 날아다니는 새들의 울음소리, 날갯짓 소리밖에 없어서 우리도 하늘을 나는 것 같은 착각이 들었어요.

저는 오빠한테 붙들린 것처럼 오빠 뒤만 따라갔어요! 오빠가 걷는 곳만 따라 걸었고요. 마침내 폐가에 다다랐어요. 카도슈 오빠는 저를 벽 뒤로 데려갔어요. 거기는 바람을 피할 수 있었어요.

오빠가 말했어요.

"바람, 바다, 갈대와 새들이 소용돌이치는 이곳에서 모든 것이 시작하고 모든 것이 끝나. 여기는 우리의 세계로 들어가거나 혹은 다른 세계로 들어가는 문이야……."

제가 아닌 다른 사람이라면 오빠의 말이 이상하게 들렸을 거예요. 하지만 전 이해했어요!

오빠가 아빠를 따라 처음 여기에 왔을 때가 일곱 살이었대요. 아저씨는 암에 걸려 의사로부터 6개월의 시한부 인생을 선고받아 그 얘기를 아들에게 하러 왔대요. 하지만 아저씨는 그렇게 빨리 떠날 것이라고 생각하지 않았고, 가족은 사랑으로 똘똘 뭉쳐서 아저씨의 투병을 도왔대요. 두 번의 방사선 치료를 받던 중 고통스러울 때마다 아저씨는 아들을 데리고 이곳을 찾아와 순환, 물질이 해체되고 뒤섞이는 것과 물질이 죽어도 또 다른 것으로 태어난다는 얘기를 해 줬대요.

아저씨는 아들에게 죽음은 존재하지 않고 그저 형태만 바뀌는 것뿐이라고 설명하고 싶었던 거예요.

결국 아저씨는 여섯 달의 투병 끝에 돌아가셨고, 카도슈 오빠와 줄리아 아주머니는 화장한 재를 회오리치는 바람에 날려 보냈대요.

아빠, 전 지금 운명을 믿어요! 제가 찾던 곳이 바로 여기니까요! 오빠의 얘기가 다 끝나자, 저는 혼자서 집을 나올 때 성소에서 가져왔던 누르 언니의 사진을 바람에 날려 보냈어요. 다섯 살의 누르 언니는 들판을 달리면서 날아갔어요.

그런데 이상한 게 하나 있어요. 전 언니를 모르는데, 가끔 언니가 제 옆에서 달리는 듯이 노래하는 목소리가 들려요.

제 이야기는 여기까지예요. 아빠는 어떻게 생각하세요?

아빠를 사랑해요.

마야

사랑하는 딸, 나의 작은 별에게 ……

어느 바람이 널 깨웠을까? 그 바람이 지금 내 턱수염을 간질이는 것 같구나.

네가 말한 곳처럼 진실이 부는 장소는 이 땅에 참 많단다. 하지만 귀 기울여 잘 들어야 하지.

난 일만 하느라 중요한 걸 놓친 것 같구나. 그래서 나도 떠나려고 해. 인도에 가고 싶구나.

두세 달 뒤에 돌아올 생각이야.

그동안 잘 지내라. 진심으로 사랑한다.

이제 아빠는 너를 걱정하지 않는다는 말을 마지막으로 하고 싶구나. 우린 다시 만날 거야.

파블로

아빠, •••

지난주에 33킬로그램이 됐어요. 하지만 파티는 미뤘어요. 아빠
랑 같이 하고 싶어요. 아빠가 절 보셔야죠.

사랑해요, 아빠.

마야

빅뉴스예요. 월경을 시작했어요! 어제 아침에 나왔어요. 예전에는 월경이라는 게 꼭 피를 잃어버리는 것 같아 무서워 보였어요. 이상하고 좀 징그럽다고 생각했고요. 하지만 어제는 다르게 느껴졌어요.

가짱 의사 선생님은 이제 저를 통해서 생명이 나올 수 있다며 어떤 예술가를 소개하는 텔레비전 방송 테이프를 보여 주셨어요.

이름은 잊어버렸는데, 그 예술가는 생명이 흐름에서 생긴다고 설명했어요.

웃음의 흐름, 눈물의 흐름이 있고, 붉은 흐름이 있대요. 예술가는 인간의 몸을 통과하는 에너지가 땅에 있을 뿐 아니라 나무에도 있고, 여자에게도 있다고 말했어요!

저도 언젠가 아이를 갖겠지요.

진짜로 아이를 낳을 수 있을 거예요. 적어도 세 명은 낳고 싶어요!

사실 벌써 이름도 지어 놨어요.

딸이면 ‘야스미나’나 아니면 ‘주마나’라고 할 거예요. 정말 많이 사랑해 줄 거예요!

아들이면 ‘마누엘’이라고 부를 거예요!

아빠, 이제 다시 만날 시간이 된 것 같아요. 더 늦어지면 아빠
가 절 알아보지 못할지도 몰라요!

아빠를 사랑해요.

마야

아빠, 이제 다시 만날 시간이 된 것 같아요. 더 늦어지면 아빠
가 절 알아보지 못할지도 몰라요!

7월 6일 월요일 새벽 1시에 ●●●●●●●●●●

아빠,

오늘이 제 생일이었어요. 열일곱 살이 되었어요. 하지만 아빠
의 전화는 없네요. 그래도 아빠가 절 생각하고 있다는 거 알아요.
잠에서 깼을 때 보이지 않는 아빠의 손이 느껴졌거든요. 그 누구
도 아닌 아빠의 손이 제 손을 붙들었어요.

아까 저녁때 카도슈 오빠와 줄리아 아주머니가 생일잔치를 열
어 줬어요. 가쌍 의사 선생님과 단골손님 몇 분이 오셨지요.

전 카페에서 일하면서 날마다 카페를 찾는 노부인과 말동무가
되었어요. 노부인은 아침마다 인사를 하며 들어와 자리에 앉으세
요. 가족은 없는 것 같아요. 하지만 예전에 예쁜 세 아이들이 있
었대요.

'줄리아 카페'는 꼭 노아의 방주 같아요.

어제저녁에 엄마가 전화했어요. 하지만 전 엄마랑 말하고 싶지
않았어요.

아빠, 보고 싶어요.

마야

아빠의 마지막 편지를 받은 뒤로 네 달이 흘렀어요. 지금쯤이면 돌아오셔야 할 것 같은데.

엄마 혼자서 누르 언니와 성소에서 있을 걸 생각하면 가슴이 아파요. 엄마가 아빠 없이 오래 살 수 있을 것 같지 않아요.

그러니 제발 돌아오세요.

아빠를 사랑해요.

마야

아빠의 마지막 편지를 받은 뒤로 네 달이 흘렀어요. 지금쯤이

이 책을 처음 봤을 때 제목에서 고개를 갸우뚱거렸습니다. 우리나라와는 달리 프랑스에서는 '마른 maigre' 이란 형용사를 사람에게 붙여 쓰는 경우가 흔치 않기 때문입니다. 그래서 마야라는 아이한테 무슨 사연이 있는지 무척 궁금했습니다.

마야는 부모의 무관심으로 거식증에 걸린 아이입니다. 열여섯 살인데도 키는 1미터 40센티미터에 몸무게는 아홉 살 여자 아이 정도인 27킬로그램밖에 안 되지요.

엄마가 처음부터 엄마로 태어나는 건 아닙니다. 자식을 낳고 키우면서 동시에 배우면서 엄마가 된다는 말이 맞겠지요. 그런데 마야의 엄마는 엄마가 되기에는 감당하기 힘든 엄청난 시련을 겪습니다. 세 번의 유산 끝에 얻은 소중한 첫 아이가 눈앞에서 감전사하고 말거든요. 모성은 아주 심하게 망가지고 맙니다. 3년 뒤 마야가 태어나지만 예쁜 첫딸에 비하면 마야는 너무 깡마른 딸이었지요. 변질된 엄마의 모성은 부정적인 방식으로 마야를 다룹니다. 깡마른 딸을 그저 기름진 음식만 먹이면 되는 줄 알아 사육하듯이 먹이기만 하고(어쩌면 이게 엄마의 사랑 방식인지도 모르겠습니다만.), 다정한 말 한마디 건넬 줄 모릅니다. 이런 엄마가 어린 마야의 눈에는 괴물 같습니다. 요리하는 건 분풀이 하는 것 같고, 자기를 먹이는 건 자신을 죽이려는 것 같습니다. 그래서 마야는 먹기만 하면 토합니다. 속이 다 헐어 버릴 정도로요.

아빠도 아무런 도움이 되지 못합니다. 밖에서는 유능할지 몰라도 집에서는 있으나 마나 한 존재지요. 마음 약한 아빠는 아내가 감당이 안 돼서 늘 일로 도망치는 현실 도피자일 뿐이니까요. 그래서 밤마다 흐느끼는 딸아이의 울음소리를 듣지 못합니다.

결국 마야는 집을 나옵니다. 살고 싶어서요. 그렇게는 살 수가 없으니까요. 작가는 마야를 작은 배에 비유합니다. 바다를 떠돌던 한 척의 작은 배는 줄리아 아줌마 카페에 닻을 내리지요. 그곳에서 줄리아 아줌마와 그 아들 카도슈, 그리고 카페의 단골손님인 가쌍 의사 선생님을 만납니다. 가쌍 의사 선생님은 마야에게 부모가 어떻든 그들이 준 생명, 삶을 스스로 망쳐서는 안 된다고 충고합니다. 태어난 이상 자기 삶에 스스로 책임이 없다고 말할 수는 없으니까요. 마야는 의사 선생님의 처방을 따르기로 약속합니다. 따뜻한 줄리아 아줌마와 함께 요리하고 먹으면서 조금씩 식욕을 되찾고, 다정하고 잘생긴 카도슈 오빠에게 가슴 설레는 감정도 느껴 봅니다. 그렇게 마야는 '새로운 가족'을 통해 회복됩니다. 무엇보다 아빠와 편지를 주고받게 되면서 잃었던 부녀지간의 정도 되살아나지요.

책을 읽으면서 고통스러운 마야의 심리 상태 때문에 불편했던 마음이 마야가 안정을 찾으며 덩달아 편해지는 기분이 들었습니다. 그렇게 이야기가 잘 마무리되나 싶었는데, 멀리 여행을 떠난 아빠가 돌아오지 않은 채로 끝이 납니다. 마야와 엄마와의 관계에 대해서도 별다른 얘기가 없고요. 아무래도 엄마의 이야기는 또 다른 이야기가 되겠지요. '아빠라도 돌아오면 좋지 않았을까?' 하는 생각이 들다가 문득 마야의 아빠에게는 그 누구도 가늠할 수 없는 시간이 필요하겠다는 생각이 들었습니다. 아프면 아프다, 힘들면 힘들다고 소리칠 만한데, 마야의 아빠는 잠잠하기만 합니다. 원래 아빠들이 그렇지요. 정작 자신의 슬픔은 돌볼 겨를도 없고, 그 슬픔을 풀어낼 방법도 잘 모릅니다. 그래도 마야의 아빠는 마야처럼 여행을 떠납니다. 누구보다도 상처가 깊을 아빠가 그 여행을 통해 슬

폼의 시간, 아픔의 시간, 통곡의 시간, 쏟아 낼 시간을 충분히
갖기를 바랍니다. 아빠라는 이유로 서둘러 추스르지 말고 말
입니다.

이정주

*시공 청소년 문학은 계속 출간됩니다.